Georg Stefan Trollers Werk, Geschichten wie Filme, zeigt sich als eine wachsende Bestandsaufnahme von Gegenwart und Gegenwärtigkeiten, als ein mäandernder erzählerischer Faden. Beobachten, wahrnehmen, aufzeichnen.

Im Archiv der Deutschen Kinemathek wird eine umfangreiche Sammlung zu Trollers Leben und Werk verwahrt; darin befinden sich ungedruckte Texte aus den Jahren 1945–1950. Aus diesen wählte Troller mit dem Herausgeber 16 Storys und Reportagen aus und ergänzte sie um einige Gedichte, die er im gleichen Zeitraum wie die Geschichten schrieb. Andernorts hat Georg Stefan Troller von seinen schriftlichen Versuchen als Jugendlicher erzählt, von seinem Lesehunger, der ihn lebenslang begleitet, von seiner Passion für Sprache überhaupt. Hier nun wird als eine späte Erstveröffentlichung sein erster professioneller Lauf zugänglich. Troller ertastet in diesen frühen Geschichten und Gedichten eine ihm für einige Zeit scheinbar verloren gegangene Sprache. Der noch junge und unerfahrene Autor verzichtet auf eine literarische Pose. Sein Ausdruck ist präzis, wirklichkeitsnah und nicht von Sprachgirlanden umrankt. Beobachten heißt bei ihm, wie in seinem späteren filmischen Werk, Menschen befragen. Oder auch: Das Befragen als Beobachten. Der Materialcharakter der Wirklichkeit ist sein Ausgangspunkt.

Georg Stefan Troller, geboren 1921 in Wien, emigrierte 1938 nach Frankreich, dann in die USA. Seit 1949 lebt er in Paris. Berühmt wurde er in den sechziger Jahren mit der Fernsehsendung »Pariser Journal«, danach lief seine »Personenbeschreibung« über mehr als zwei Jahrzehnte. Troller hat bedeutende Dokumentarfilme wie »Mord aus Liebe«, »Unter Deutschen«, »Amok« gedreht und zahlreiche Bücher veröffentlicht. Zuletzt erschien 2021 sein Band: »Meine ersten 100 Jahre«. Seit 2021 schreibt er die Kolumne »Trollers Jahrhundert« für die »Literarische Welt«.

GEORG STEFAN TROLLER

DER UNNÖTIGE

FRÜHE TEXTE

Herausgegeben und mit
einem Nachwort von
Wolfgang Jacobsen

VERBRECHER VERLAG

Erste Auflage
Verbrecher Verlag Berlin 2022
www.verbrecherei.de

Satz: Christian Walter
Druck: CPI Clausen & Bosse, Leck

ISBN 978-3-95732-537-2

Printed in Germany

Der Verlag dankt Lena Beyer, Lore-Marie Junghans,
Marlene Münßinger und Lucas Siebeneiker.

VORWORT

Der Krieg war zu Ende und gewonnen. Als amerikanischer Soldat und Gefangenenvernehmer hatte ich das Meine dazu beigetragen, nun war ich in München gelandet als Besatzer. München befreit, damit war für Hitler auch jede Landverbindung abgeschnitten, zwischen dem noch nazibeherrschten Restdeutschland und seinem geliebten »Berghof«. Was wohl der letzte Anstoß gewesen sein mag zu seinem Selbstmord. Und ich – ich war nun endlich in der Heimat gelandet. Zumindest meiner Sprachheimat. Seit Jahren hatte das, was ich in Gottes Namen meine »Schreibe« nannte, hauptsächlich auf Englisch oder auch Französisch stattgefunden. Nun war ich auf einmal von, nun ja, von Heimatlauten umgeben. Auch von Ausdrücken, die mir völlig fremd waren, aber mich entzückten, wie: »Der hat wohl nicht alle Tassen im Schrank« oder »Zisch ab, Kumpel!«. Dazu ein heimeliger Dialekt, der meinen vertrauten Donauklängen nicht unähnlich war. Also ein neues Zuhause? Ausgerechnet in der »Hauptstadt der Bewegung«? Die zwar jetzt ihre Beweglichkeit unter Beweis zu stellen suchte, aber mich, diesen langjährigen Exilanten, nicht unbedingt mit Vertrauen zu erfüllen vermochte. Was nun?

Immer schon war ich ein begeisterter Antiquariatsmarder gewesen. In den Wühlkästen der Schellingstraße nahe der Uni fand ich zu meinem Erstaunen Hemingway auf Deutsch, daneben den wüsten Antisemiten aber genialen Stilisten Céline. Und, ach ja, auch den ewigen Sucher Hermann Hesse. Lauter Ruhelose, die sich in ihren diversen Heimaten unwohl fühlten, und das in manchmal chaotischer Romantik auslebten. Das lag mir jetzt. Auch ich suchte ja – nun wo ich nicht mehr Krieg zu führen brauchte – eine neue Rolle für mich. Oder soll ich sagen, ich suchte mich selbst in diesem inneren und äußeren Chaos. So ab dem Kriegsschluss 1945 muss es gewesen sein, dass diese folgenden Geschichten, oder wie man sie eben nennen will, entstanden sind, bis etwa 1950 meiner Erinnerung nach. Es sind allesamt Versuche, mehr oder weniger geglückte Forschungsreisen in mein verwirrtes Inneres. Ein Vielsprachler, der sich bemüht, seinen eigenen Stil, und damit sozusagen seine Nachkriegspersönlichkeit zu finden. Oder ihr zumindest auf die Spur zu kommen. Gewiss haftet manchen dieser Stories und Gedichten etwas Kindliches, Unreifes an. Aber auch der Versuch, über andere Stile zu einem eigenen durchzudringen. Und vor allem, Menschenschicksale, wo nicht zu definieren, so doch in ihrer Dramatik anzustoßen. Ähnlich wie ich es später in meinen personenbezogenen Dokumentarfilmen über Jahre hinweg unternommen habe. Diese von mir längst vergessenen Texte, die ein Kundiger unter meinem Nachlass in der Berliner Kinemathek aufgestöbert hat, sind also die oft melodramatischen Selbsterkundungen eines jugendlichen Suchers, der in alle Richtungen nach seinem künftigen Schreibstil, und wohl auch Lebensstil, Ausschau hält.

Paris in meinem hundertsten Lebensjahr
Georg Stefan Troller

DIE FOLTER

Ich glaube, das Dorf hieß Ilsenheim oder so. Ich habe unsere alten Karten weggeworfen, sonst könnte ichs nachschauen. Na, der Name tut ja nichts zur Sache. Wir waren nach stundenlanger Irrfahrt durch die Dunkelheit gegen Mitternacht dort angekommen, und da unser Regiments-Hauptquartier ja nicht vor Tagesanbruch hinüber sollte, begannen wir sofort, Quartiere zu organisieren. Natürlich schliefen die Leute schon überall, und wir mussten lange klopfen und schreien, bevor sich wo ein verschlafener Kopf aus einem Fenster streckte und unwirsch fragte, was wir zu dieser Zeit wollten. Die meisten waren auch von den langen Kolonnen Jeeps und Schwimmwagen, die alle Straßen des noch vor einer Stunde friedlich unbesetzten Dorfes anfüllten, weiter nicht beeindruckt. Ein keckes Mädchen rief uns in gutem Englisch von einem Dachboden aus zu, dass wir den Fluss überqueren wollten, wisse sie schon lange, das könnten wir auch untertags und dazu brauchten wir nicht so viele Fahrzeuge, denn die deutschen Soldaten seien ohnehin schon alle im Osten draufgegangen. Ich wollte eine scharfe Antwort geben, denn die Kälte der Nacht und die verschlossenen Türen hatten uns ungeduldig gemacht. In demselben Augenblick sah ich aber Lieutenant Gerber von der Seitenwand unseres Jeeps aus den Gartenzaun überklettern und die Stufen zum Eingang hinauflaufen. Darauf warf er sich ein paarmal mit Wucht gegen die Haustür, fluchte, stieß weinerliche Töne aus, und lief alle paar Sekunden zum Zaun zurück, um dem Mädchen, das wohl schon lange nicht mehr in der Dachluke stand, in dem Kauderwelsch, das er für Deutsch hielt, Drohungen hinaufzuschreien. Er war wieder einmal besoffen. Endlich krachte das Türschloss aus den Angeln und wir standen im stockdunklen Hausflur. Jemand kam eine Treppe heruntergekeucht. Und als Lieutenant Gerber, unbekümmert um deutsche Flugzeuge, ein Streichholz anrieb, sah ich einen grünen Samtrock und darüber ein uraltes faltiges Gesicht, wie es nur alte Indianer und europäische Bauern haben. Der Lieutenant war gerade damit beschäftigt, seine Fliegerjacke von Spänen zu reinigen, und so fiel mir wie gewöhnlich die Konversation zu.

»Haben Sie ein Zimmer?«

»Han?«

»Ob Sie ein Zimmer haben?«

»Han? Ich hör nämlich nicht gut.«

»Ein Zimmer!«, trompetete ich in sein Ohr.

»Ja so. Ein Zimmer.« Er schien nachzudenken. »Nein, haben wir nicht, meine Herren, leider, tut mir leid.«

»Sie werden doch –« begann ich, aber Lt. Gerber hatte sich an etwas erinnert:

»Das Mägde... ihre Stube oben ... ist gut?«

»Das ist doch meinem Enkelkind ihr Zimmer«, kam die prompte Antwort. Im Moment interessierte mich natürlich seine Enkelin weit weniger als ein warmes Bett, und da er plötzlich so gut hörte, fragte ich schnell:

»Aber irgendwo wird doch noch ein Zimmer leerstehen?«

Der Alte musste sich gewendet haben, denn ich hörte gleich darauf seine Schritte den Korridor entlanghumpeln, und so tastete ich mich hinterher. Lt. Gerber folgte mir, indem er laut »The baby I love« trällerte. Wir landeten im Wohnzimmer, es war angenehm warm und ließ sich sogar abdunkeln, so dass wir eine Kerze auf den Tisch stellen konnten, die ein altes Weib mit zerrauften grauen Haaren uns hereinbrachte. Zu anderen Zeiten mag ich nicht gerade stolz gewesen sein, dass ich beim Regiments-Stab war, aber in diesem Augenblick fühlte ich mich sehr wohl. Ich knabberte noch ein wenig an einer K-Ration Schokolade, stellte fest, dass die ersten Sturmboote der Charley-Kompanie den Fluss in etwa zwei Stunden überqueren würden, streckte mich auf das grüne Plüschsofa und ließ mich von »The baby I love« einlullen.

Ich muss die ersten Einschläge überhört haben, denn es war einer unserer Drahtleute, der mich aus dem Schlaf rüttelte.

»Let's go, schaun wir, dass wir von hier rauskommen«, drängte er, während ich mir schlaftrunken durch die Haare fuhr und vor Kälte zitterte. Plötzlich kamen dicht hintereinander zwei ganz nahe Einschläge – das bekannte Sirren und dann, als würde eine Ladung Bretter von einem Lastwagen gekippt – und wir rasten in Panik den dunklen Gang entlang.

In der Hintertüre steht ganz ruhig der Bauer, ich springe ihn an: »Wo ist der Keller?«, er wendet sich langsam und fragt »Han?«, dann ist schon wieder das Pfeifen da, diesmal endlos lang und immer heller, ich stolpere in den Hof hinaus, falle nieder, krieche auf allen Vieren vorwärts zu einem Baum, endlich kracht es, dass ich glaube, es fällt die Welt über mir zusammen. Gleich darauf laufen ein paar Jungen an mir vorbei und rufen mir zu: »Los, der Keller ist dort drüben!« Ich raffe mich auf und renne hinter ihnen drein, da höre ich, wie jemand schreit: »Sie, Herr, Sie, Herr!« Da hat er mich schon am Arm gepackt, es ist der Bauer, zerrt mich zum Haus, dessen ganze Querwand eingestürzt ist, und schreit in einem fort: »Mein Enkelkind, Herr, mein Enkelkind, Herr!«

»Lassen Sie mich doch los!«, brülle ich ihn an. »Wo zum Teufel ist denn Ihr Enkelkind? Warum zum Teufel ist sie nicht –«. In dem Augenblick sehe ich Lt. Gerber, der, genau wie ich selbst vor wenigen Sekunden, auf allen Vieren aus dem Haus gekrabbelt kommt, schnurstracks auf den Baum zukriecht, und dort zusammenfällt. Ich wende mich um, aber der Bauer hat mich schon wieder gepackt und flüstert so nah an meinem Gesicht, dass ich vor dem stinkigen Atem zurückpralle: »Er war bei ihr!«

Ich weiß nicht, wie es kam, aber jetzt glaube ich, dass es die nach den Einschlägen herrlich erleichternde Ruhe war, die man ja immer für dauernd hält, dass ich plötzlich in ein prustendes Lachen ausbrach, das ich gar nicht anhalten konnte. Und in dem ich wieder und wieder schrie: »Hat sie wohl gef..., was? Hat sie wohl gef..., was?« Dann kam plötzlich wieder das Sirren und Pfeifen, ich schmiss mich zu Boden, das Krachen folgte überraschend schnell aber nicht ganz so nah, und ich war kaum wieder auf den Beinen, als ich merkte, dass mich der Alte hinter sich herschleppte. Vielleicht hab ich mich doch vor seinem Mut geschämt, jedenfalls lief ich gegen alle Instinkte die Treppe hinauf – er humpelnd hinter mir drein – stieß auf seine Anweisung eine Tür auf und – knapp bevor ich wieder das verfluchte Pfeifen hörte und mich hinschmiss, sah ich, was mich – ich weiß es noch genau – sogar in diesem Augenblick ergriff: Das Mädchen rücklings auf dem Bett liegend, die offenen Augen starr auf die Zimmerdecke gerichtet – und neben ihr die Hosen des Lieutenants.

Das Geschoss war ein Fehlzünder, und es kam keines nach. Ich nahm das Mädchen, überrascht, wie wenig sie wog, über die Schulter und trug sie in den Hof. Der Lieutenant lag noch immer bei dem Baum, einer unserer Medics war über ihn gebeugt.

»Trag sie in den Keller«, sagte er, als er mich sah.

»Was hat er?«, fragte ich.

»Schiss.«

»Und sonst?«

»Sonst nichts.«

Der Keller lag unter der Scheune, solid in Stein gehauen, mit einem eisernen Ring an der Wand, in dem eine abgeblendete Kerze steckte. Das Stroh war zwei Meter hoch aufgeschichtet und ein paar alte Frauen lagen, in graue Decken gehüllt, in einem Winkel. Auch einige von unseren Jungs hatten den Weg hierher gefunden. Wir legten das Mädchen oben auf eine freie Stelle, und eine Sekunde lang, während ihre Augen noch immer starr zur Decke blickten, lächelte sie. Unser Fahrer Jack sagte:

»Die ist ja blind.« Dann kam der Medic und begann, sie zu untersuchen.

Plötzlich hörten wir in der Ferne Maschinengewehrfeuer. Es war 3 Uhr morgens – die H-Stunde. Eben mussten die Sturmboote abgestoßen sein. Wir wussten nicht, wie viel Widerstand es geben würde. Ich merkte, dass mir eiskalt war, besonders meine Schuhe waren ganz feucht. Ich zog sie aus, grub mich ins Stroh ein, und dämmerte in den Schlaf.

»Hey, Steve! Wach auf!«

Ich fuhr in die Höhe.

»Du hast einen Gefangenen hier.«

»Ich komme sofort«, stotterte ich und versuchte eilends meine Füße in die Schuhe zu zwängen, die diesmal entschieden eingefroren waren.

»Bleib, wo du bist, wir bringen ihn dir.«

Die GIs rundum schliefen in allen möglichen Stellungen. Ärgerlich richte ich mich aus dem warmen Stroh auf und versuche zu stehen. Dann wird johlend die Kellertür aufgestoßen und der Gefangene hereingestubst.

Damals kratzten die Deutschen ja schon lange am Boden des Fasses, und der da war zweifellos von der untersten Lage. Es war ein Junge von höchstens fünf Fuß Größe, mit einem runden Milchgesicht, in dem ein rötlicher Stoppelbart gerade die Kinnspitze verzierte. Die langen braunen Haare quollen ihm unter der Mütze hervor, und von der Uniform konnte man einzig den kotigen Mantel sehen, dessen Enden am Boden schleiften. Unsere Boys lachten schallend, wie er sich jetzt stramm hinstellte und die Absätze zusammenknallte. Und auch er scheint anzuerkennen, wie komisch er wirken muss, denn während seine himmelblauen Augen mich anstarren, verzieht ein dümmliches Grinsen seine roten Kinderlippen.

Aber ich wollte möglichst bald wieder ins Stroh, darum fragte ich, gegen unsere sonstige Gewohnheit, sofort:

»Einheit?«

Das Lächeln verschwindet von seinem Gesicht und nur die runden Augen blicken mich hilflos an.

»Ihre Einheit! Verstehen Sie nicht deutsch?«

»Doch.« Er schlägt die Absätze zusammen, die Boys lachen.

»Nun also?« Er stiert mich an. »Los, los, Mensch, Ihre Einheit.« Er rührt sich nicht. Ich ändere die Frage. »Wie stark ist Ihre Kompanie?« Nichts.

»Was ist denn los? Bist wohl verrückt geworden!«, schreie ich, denn die GIs hören alle zu und mein Ruf steht hier auf dem Spiel. Aber er schweigt weiter. Nach einer Weile sagt er auf einmal: »Ich bitte Herrn Leutnant gehorsamst um die Erlaubnis, nicht sprechen zu müssen.«

»Warum denn?« Die Ernennung zum Leutnant hat mir geschmeichelt.

»Weil ich den Eid geleistet hab.«

»Bist treu, was?«

»Jawohl, Herr Leutnant.« Jetzt strahlt er wieder, und seine Augen blinzeln mir vertraulich zu. Dabei presst er seine Hände nach wie vor angestrengt an die Stelle, wo die Hosennaht sein sollte. Komisch, diese Deutschen.

In diesem Augenblick wird die Kellertür aufgestoßen und Lieutenant Gerber kommt pfeifend herein – in einer scharfgebügelten dunkelgrauen Paradehose, von denen er immer ein paar mit sich herumführt.

»Nun? Haben Sie was aus ihm herausgekriegt?«

Ich kam nicht zum Antworten, denn plötzlich hörte ich einen Schrei, und sah, mich umwendend, wie das Mädchen aufsprang und stracks gegen eine Wand lief, wo ihre Stirne dumpf anschlug. Der alte Großvater und unser Mediko trugen sie aufs Stroh zurück.

Lt. Gerber hatte unterdessen ein Kaugummi ausgewickelt und in den Mund gesteckt. Dann wiederholte er:

»Nun? Haben Sie was rausgekriegt?«

»Nein.«

»Warum nicht?«

»Er will nicht reden.«

»Das wäre doch kein Grund. Na ja.« Er starrt den Gefangenen mit einem durchdringend sein wollenden Blick an. »Ausziehen!«, brüllt er plötzlich. Hinter mir schluchzt das Mädchen auf. Der Gefangene schnallt sich umständlich die verschiedenen Beutel und

Riemen ab, die überall an seinem Körper herumhängen, und stülpt den Mantel von sich. Ein grauer, ebenfalls völlig verkorkster Waffenrock kommt zum Vorschein.

»Los, los«, drängt der Lieutenant. Auch der Rock fällt und enthüllt einen dicken grauen Wollsweater unter einem Paar Hosenträgern. Die GIs an der Tür platzen laut heraus und auch der Gefangene verzieht seinen Mund wieder zu einem Kinderlächeln. Nur Lt. Gerber kaut unbeweglich weiter. Als Nächstes erscheint ein zweiter Pullover, diesmal in grün, und dann ein Hemd von unbeschreiblichem Gestank. Wir alle hoffen, Gerber würde jetzt aufhören. Aber er sagt nichts als: »Weiter!«

Der Gefangene zögert einen Augenblick, bevor er auch das Hemd auszieht. Dann sehen wir, dass er eine große braune Fotografie über der Brust trägt, die an einer dicken Papierschnur um seinen Hals hängt. Die Enden der Schnur sind oben durch den Papprahmen der Fotografie durchgezogen und verknotet. Das Bild zeigt eine alte Frau. Der Lieutenant tritt auf den Gefangenen zu, schaut es kurz an, und reißt es ihm vom Hals. Dann stellt er sich zur Kerze, um es genauer zu betrachten. Er betrachtet es lange. Auf einmal sagt der Gefangene:

»Kampfgruppe Eisenach, elfte PD.«

»Wie stark?«

»Ich weiß nicht.«

»Ist das so?«

»Ich weiß es wirklich nicht, Herr... Herr.«

Der Lieutenant wiegt das Bild in der Hand und murmelt: »So, so, so, so, so.«

Er betrachtet es von neuem unter der Kerze. Dann sagt er auf Englisch:

»Fragen Sie ihn, ob das seine Mutter ist.«

Der Junge hatte verstanden. »Jawohl, Herr ... Herr Hauptmann!« Seine runden Augen strahlen.

»Alright«, Gerbers Stimme war jetzt ganz sanft und befriedigt.

»Sagen Sie ihm, er soll sagen: Meine Mutter ist eine Hure.«

»Lieutenant –«

»Alright, Junge«, er wandte sich mir voll zu: »Wir können Sie morgen in eine Linienkompanie schicken.« Er drehte sich wieder dem Gefangenen zu. Sein Kinn kaute mechanisch. Einen Augenblick lang hatte ich das Gefühl, als sei es ein unabhängiges Lebewesen.

»Übersetzen Sie ihm meine Worte.«

»Der Herr Leutnant verlangt, Sie sollen sagen: Meine Mutter ist eine Hure.«

»Niemals!« Das kam so schnell, dass wir alle in Lachen ausbrachen.

»So, so, so. Niemals. Alright.« Gerbers Stimme schnurrte jetzt geradezu. Er zog das Grabenmesser heraus, das er unnötigerweise immer in einem Cowboyhalfter am Gürtel trug, und begann damit an einer Ecke der Fotografie herumzukratzen. Dabei kaute er gleichmäßig weiter und schob von Zeit zu Zeit das Gummi schnalzend aus einem Mundwinkel in den andern. Das Messer näherte sich jetzt der Mitte des Bildes. Der Gefangene sah starr auf das Bild. Plötzlich sagte er: »Meine Mutter –«, und das war alles.

Gerber nickte nur »Aha« und kratzte intensiv weiter. Nach einer Weile faltete er das Foto präzis in die Hälfte und schnitt den unteren Teil ab. Nur der Kopf der Frau war jetzt noch vorhanden. Er schabte wieder ein wenig am unteren Rand, dann blickte er auf, sah dem Gefangenen in die aufgerissenen blauen Augen und fragte: »Alright?« Darauf begann er wieder zu schaben. Er ging jetzt ganz systematisch vor. Als er alles bis auf das Gesicht weggeschafft hatte, wandte er sich an mich:

»Fragen Sie ihn nochmals.«

Es war ganz still im Keller, selbst unsere Boys standen mit offenen Mäulern in der Tür. So still, dass wir zwei dicke Tropfen auf den Betonboden klatschen hörten, die sich längs der Nase des Jungen helle Rinnen durch seine Schmutzkrusten gegraben hatten. Dann endlich sagte er, was wir von ihm verlangt hatten.

Gerber hörte auf zu kauen. Er spuckte sein Gummi gegen die Tür, von wo es abprallte und auf den Fußboden fiel. Hierauf nahm er eine Zigarette aus der Hosentasche, steckte sie in den Mund, hielt den Rest der Fotografie über die Kerze und zündete sich damit seine Zigarette an. Schließlich sagte er: »Will mal nach dem Jeep sehen«, und verließ den Keller.

Ja, weiter ist nichts zu erzählen. Wir hatten noch zwei Stunden Zeit, und so zog ich mir die Schuhe aus und kroch ins Stroh. Ich war auch gleich wieder eingeschlafen. Am Morgen gingen wir über den Rhein.

DIE ANKUNFT

Heute Abend kommt meine Braut, um mich von hier abzuholen. Das heißt, vielleicht bleibt sie noch die Nacht über im Hause, und wir reisen dann erst morgen früh. Wir haben ja keine Eile. Vielleicht verschiebt sie auch ihre Ankunft auf morgen Abend. Jedenfalls gehe ich jetzt zum Bahnhof, damit sie den schweren Koffer nicht allein schleppen muss. Und schwer wird der Koffer sein, angefüllt mit Kleidern für mich, normalen Anzügen, nicht solchen gestreiften, wie man sie hier bei uns oben trägt.

Schon seit einigen Abenden warte ich jetzt, dass sie kommt und mich hier wegholt. Natürlich warte ich nur die Abende. Die Tage vergehen ja bei uns sehr schnell, wir stehen reichlich spät auf, man unterhält sich ein bisschen, schon ist es Mittag, nach dem Essen leiste ich mir ein kleines Nickerchen, und am Nachmittag schlendere ich dann hinunter ins Dorf und zum Bahnhof. In diesem Nest hält nur ein einziger Zug täglich, knapp nach fünf Uhr, wenn er keine Verspätung hat. Ich habe mir ausgerechnet, dass sie mit diesem Zug eintreffen muss, heute, morgen oder übermorgen, das macht ja keinen besonderen Unterschied. Ich bleibe sogar ganz gern noch ein paar zusätzliche Tage hier und zeige ihr den Betrieb in unserer Pension.

Ich warte auch gern auf einen Zug. Ein Zug ist immer voller Leute, und unter vielen Leuten kann sie natürlich leichter zu finden sein als unter wenigen. Man lässt mich immer gleich zum Bahnsteig durch, sogar ohne dass ich eine Karte lösen muss. Die Leute sind so nett, wenn sie wissen, dass man jemanden erwartet. »Hoffentlich ist sie heute drin«, sagt der Bahnhofvorsteher, wenn er den Zug heranpfeifen hört. Oft unterhalte ich mich auch mit den anderen Wartenden. Man soll immer freundlich zu den Leuten sein. »Erwarten Sie auch jemanden?«, frage ich. »Ja, meine Frau«, sagt der andere, oder: »Meine Tante, sie war in der Stadt«. »Ich erwarte meine Braut«, sage ich dann. »Sie hat mir ihre Ankunft telegrafiert.« Und wenn mein Partner anteilnehmend mit dem Kopf nickt, so fahre ich fort: »Aber wissen Sie, es besteht doch die Chance, dass Ihre Tante noch gar nicht kommt, und meine Braut auch nicht. Man reist so ungern im Winter, und besonders Frauen sind zimperlich, nicht wahr. Vielleicht verschiebt sie auch den Besuch, bis es wärmer wird. Das wäre doch immerhin möglich ... Ich sage das nur, damit Sie nicht allzu enttäuscht sind, wenn Ihre Frau Tante sich nicht im Zug befindet«, setze ich schnell hinzu. »Außerdem, jetzt im Winter wird es schon so früh dunkel, und man übersieht eine aussteigende Person so leicht im Gedränge, meinen Sie nicht auch?« Aber der andere hat sich abgewendet und ich bin ihm nicht böse. Ich gehe einfach am Bahnsteig auf und ab und warte auf das Pfeifen der herandampfenden Lokomotive und das Rütteln der Schienen. »Hat der Zug Verspätung?«, frage ich den Vorstand, und tue der Form halber entrüstet, wenn es so ist. Aber in Wirklichkeit kommt es mir auf die paar Minuten nicht an, ich liebe dieses Gefühl der Sicherheit, dass der Zug früher oder später eintreffen muss. In der Zwischenzeit hüpfe ich auf den gerippten Fliesen hin und her und schreibe Muster darauf mit meinem Schuh, der gerade zwei Quadrate bedeckt – und derweil male ich mir aus, wie Helga aus dem Zug steigen wird – den schweren Koffer in einem Arm und den Leopardenmantel im andern – und nicht wissen wird, wohin mit den Sachen, während sie mich umarmt und küsst. Ich kann mir dein Gesicht nicht mehr genau vorstellen, Helga, aber in dem Leopardenmantel sahst du immer ganz entzückend aus. Und der ungeduldige Herr mit der Tante, und der Bahnhofsvorstand, der mich schon für einen Verrückten gehalten hat, weil ich ein paar Tage lang vergeblich auf dich wartete – natürlich konnte er nicht wissen, dass du krank warst und dich den Strapazen der Reise nicht zu bald danach aussetzen wolltest – werden hinter uns dreinschauen und murmeln: »Das ist sie also. Ein schickes Mädel, alle Achtung!«

Jetzt kommt Bewegung in die Menge, und in der Ferne sieht man wirklich das große runde leuchtende Auge des herannahenden Zuges. Es ist ganz dunkel geworden, ohne dass ich es gemerkt habe. Eilig stelle ich mich in Positur. Leider kann man den Bahnsteig durch zwei Ausgänge verlassen, die ich beide gleichzeitig im Auge behalten muss. Während jetzt der Zug an mir vorbeigleitet, suche ich alle Fenster ab, und da! – aber das war sie nicht, ein ganz anderes Gesicht, wie man sich nur so irren kann. Denn natürlich hebt sie gerade ihren Koffer aus dem Gepäcknetz. So, da steht der Zug, und aufgepasst! Die Leute strömen rechts und links an mir vorüber und hinaus – ich schaue jedem ins Gesicht – es sind ja nicht gerade viele heute Abend, und da lichtet sich auch schon die Menge, und jetzt kommen nur noch einzelne. Ich verstehe das nicht. Aha, dort hinten beim Gepäckwagen steht noch ein Haufen, vielleicht hat sie ihren Koffer aufgegeben? Langsam streife ich den Zug ab, durchsuche jeden Waggon durch die Fenster, kann sie aber nicht ausmachen. Nur beim Gepäckwagen – ich gehe schneller, fange an zu laufen – die Dame blickt erstaunt auf. Es ist wohl die von vorhin, immerhin hat sie eine ähnliche Gestalt. Ich eile zurück zum Ausgang, aber dort sind alle schon durch. »Haben Sie vielleicht eine Dame in einem Leopardenmantel gesehen?«, frage ich den Karteneinsammler. Er schüttelt den Kopf; vielleicht hat er nicht verstanden. »Gelb, mit schwarzen Tupfen«, erkläre ich ihm. Er wendet mir sein unrasiertes Gesicht zu und brüllt: »Nein!« Dummes Bauernpack. Was soll ich jetzt nur tun? Ich laufe wieder zum Zug zurück, der aber macht einen scheppernden Ruck, und noch einen, und dann ist er im Rollen. Plötzlich setzt mein Herz aus: Vielleicht ist sie noch im Zug, sie hat den Stationsnamen nicht gleich lesen können und läuft jetzt jammernd den Gang entlang. Spring nicht ab, Helga, ich kann ja noch warten, du nimmst einfach an der nächsten Station einen anderen Zug und bist in einer Stunde wieder hier! Da verschwindet der Zug in der Ferne, Gott sei Dank, sie ist nicht abgesprungen. Übrigens – kann ich sie übersehen haben, sie steht vielleicht eben jetzt auf dem Bahnhofsplatz mit dem schweren Koffer und wartet auf mich. Herrgott, so ist es, da habe ich meine Zeit mit dem Absuchen des Zuges vertrödelt und inzwischen hat sie schon längst die Sperre passiert. Nun aber schnell hinaus. Zwar grinst der Bahnhofsvorstand mir zu: »Wieder nichts, eh?«, aber was weiß denn der, was weiß denn der? – Niemand mehr da? Aber natürlich ist sie nicht hier in der Kälte stehen geblieben. Sie hat einfach den Weg in die Pension erfragt und wird sich zu Fuß dorthin aufgemacht haben. Wenn ich mich beeile, hole ich sie noch ein, bevor sie ankommt.

Ich gehe ungern durchs Dorf. Selbst in der ärgsten Kälte bleiben die Leute stehen und lachen mich an, und andere wenden schnell den Kopf und starren angespannt geradeaus – als wenn es so etwas Eigentümliches wäre, dass ich hier schon einige Abende lang jemanden vergeblich abhole (und was, wenn es die paar Wochen seit dem letzten Frühling sind?). Außerdem ist Helga hier wahrscheinlich vor einer Minute durchgekommen und die dummen Bauern wissen es nicht – oder schaut man mich nicht überhaupt heute ganz anders an, vielleicht bewundernd? Sicher haben die Leute sie gesehen und ahnen den Zusammenhang. Überhaupt lachen die Menschen hier über alles und jedes. Was ist denn so lächerlich an dem gestreiften Gewand, das man sich in der Pension ausleihen kann, um den eigenen Anzug zu schonen? Oder ist es vielleicht so außergewöhnlich, dass ich jeder vorbeigehenden Frau ganz genau ins Gesicht schaue, um herauszufinden, ob sie nicht vielleicht Helga ist? Manchmal flüstere ich: »Helga?«, selbstverständlich nur so zum Spaß und um zu sehen, ob sie reagiert – es könnte ja immerhin eine Schwester von ihr sein oder so, nicht wahr.

Nun wenn schon, sollen sie nur vor ihren Häusern stehen und lachen, dieses ungebildete Pack – ich selbst bin ja aus der Stadt und nur auf einige Wochen zu Besuch hier, wegen der Nerven, auch lebt man billiger, und ich will nicht wegfahren, bevor ich Helga unsere Pension gezeigt habe. Die einzigen, die ein richtiges Verhältnis zu mir gefunden haben, sind die Kinder, sie lächeln mir zu und verbeugen sich ganz tief, ich glaube sie beneiden mich, weil ich erwachsen bin und ihnen von oben her zunicken kann. Aber in Wirklichkeit beneide ich sie, denn es wäre ja immerhin möglich, dass Helga heute nicht angekommen ist, und dann muss ich den ganzen endlos langen Tag bis morgen Abend warten, bevor ich sie in die Arme schließen kann. Aber die Gestalt dort vorne am Dorfeingang! Könnte sie das nicht sein? Ich fange wieder an zu laufen, doch aus der Nähe betrachtet, stellt es sich als ein dummes Bauernmädel heraus, die einen Milcheimer trägt.

Oder – hat sich Helga vielleicht verkleidet? In ein Bauernmädel? Wenn ich mich nur ihres Gesichtes entsinnen könnte!

Aber da müsste sie eigentlich den Leopardenmantel unter dem Kittel tragen. Mal sehen. Warum läuft sie davon, das dumme Ding? »Helga!« Aber das war sie bestimmt nicht. – Jetzt, vor mir auf der Landstraße! Es ist ganz finster geworden, und zu allem Überfluss fängt es an zu schneien. Soll ich rufen? »Hallo Helga, hallo!« Keine Antwort. Oder war das nicht ihre Stimme? »Hallo?« Nichts. Aha, aber sie sitzt wahrscheinlich auf dem Koffer und schnauft sich aus. Hat mich erkannt und wartet auf mich. Jetzt aber schnell. Warum schwankt sie denn so hin und her? Ach so, es ist ein Busch dicht neben der Landstraße. Und hinter dem Busch – ist sie auch nicht.

Aber jetzt noch eine Kurve und dann steh ich vor meiner Pension. Ich bin so gerannt, dass sie kaum eine Minute Vorsprung haben kann. Also, da höre ich sogar schon die Haustüre gehen und Stimmen. Na endlich. Gleich bin ich da. Nur noch die Gartenpforte. Keine Spuren im Schnee? Nun ja, jetzt laufe ich drüber, ha ha, und in einer Minute ist alles wieder zugeschneit. Und außerdem, vielleicht hab ich nur nicht richtig hingeschaut, und nun sind ihre kleinen Abdrücke von meinen großen Schuhen plattgetreten. Übrigens, sieh mal an, da liegt Schnee in der Vorhalle. Eben ist jemand durchgegangen. Ob ich den Pförtner frage? Ach, der schläft ja die halbe Zeit. Er hat wieder mal nichts gesehen und behauptet dann steif und fest, sie sei nicht dagewesen. Und warum soll ich mich mit Fleiß kränken, da ich doch weiß, dass sie oben in meinem Zimmer sitzt. Also jetzt die Treppen hinauf und den Gang entlang. Wie mich alle so künstlich gleichgültig anstarren, dieses Pack, und dabei springt ihnen der gelbe Neid aus den Augen, dass eine so schöne Dame mich besuchen kommt. Und jetzt die Tür. Natürlich hat sie das Zimmer absichtlich dunkel gelassen und bleibt ganz still, um sich nicht zu verraten. Ob sie wohl auf meinem Bett sitzt oder dem Sessel am Fenster? Vielleicht ist sie eingenickt, müde von der Reise. Ich will erst mal herumtasten, ob ich sie finde – der weiche Leopardenmantel, das glatte Haar, die flaumige Wange ... Bett – nichts, Sessel – auch nichts, wo kann sie nur stecken? Wart, ich dreh mich zur Tür, knipse das Licht an, dann wende ich mich langsam um und schaue in eine Richtung nach der anderen. Vielleicht – vielleicht hat sie auch nur einen Zettel hinterlassen: Liebster, ich bin im Bad, oder: Komme gleich, Helga. Also: Licht!

Ach, ich habe das ganze Zimmer auf einen Blick gefasst und gleich gesehen, dass es leer steht. Und da ist auch nirgends ein Briefchen. Tisch, Nachttisch, Laden, Schrank – alles kahl. Oh oh, ich möchte meinen Kopf auf die Bettdecke tun und – aber halt! Helga, ich hab's! Du hast ihn unters Kopfkissen gelegt, als Überraschung vor dem Schlafengehen. Also ... jetzt ... vorsichtig ...

Was wollen Sie denn? Ach, die ewige Pulsfühlerei. Ich bin doch gesund, ich bin doch nicht mehr krank, ich bin doch Vertrauensmann hier! Gebt mir doch Ruh, geht doch raus! Raus, raus, raus! Ja, ich bin schon ruhig, ja, ja, geh schon ins Bett. Lasst mich nur in Frieden.

Ach Helga, Helga – ich wags nicht, unter das Kopfkissen zu tasten – erst morgen früh – und wenn dann auch nichts darunter ist, dann brauch ich ja bloß die paar Stunden zu warten, bis es Zeit ist zum Zug zu gehen und dich abzuholen. Denn Helga, ich muss dir etwas mitteilen – das ist nämlich gar keine richtige Pension hier, weißt du, das ist ein Sanatorium, verstehst du – die haben nämlich Irre hier – und wenn du nicht bald kommst und mich von hier wegholst, so werde ich noch verrückt, verrückt!

ZUM ZWANZIGSTEN TODESTAG DES DICHTERS D. H. LAWRENCE

11. Sep. 1885 – 2. Mrz. 1930

Er war ein schmaler, schlaksiger Mann mit einer runden Proletariernase und einem feuerroten Bart; keiner hat je sein Gesicht edel genannt. Sein Vater war Bergarbeiter im englischen Kohlenrevier – dunkel, gedrungen, primitiv, immer in Rebellion gegen die bürgerlichen Allüren der Mutter. Seine männliche Gestalt taucht in vielen von Lawrences Büchern auf, aber der Vater blieb ihm fremd. Mit der Mutter war er so verbunden, dass er sie seine Liebste nannte, seine Geliebte, und als Kind sein Leben so fühlte als wäre es eins mit dem ihren. Deshalb sind auch seine besten Geschichten vom Standpunkt der Frau aus erzählt.

Als er heiratete, war es eine um zehn Jahre ältere Frau, Mutter dreier Kinder: Baronesse Frieda von Richthofen. Damals war er 27 Jahre alt und schon berühmt durch seinen Kindheitsroman »Söhne und Liebhaber«. Nach einer Hochzeitsreise durch Bayern und Italien nahm er sie mit nach England, an die felsige Küste von Cornwall. Im Krieg war er überzeugter Nichtkämpfer. Dann begann er zu reisen.

Vom Jahr 1919 an bis zu seinem Tode blieb er an keinem Ort der Welt länger als ein Jahr. Er reiste nicht aus Selbstüberdruss wie viele andere Schriftsteller, nicht aus Getriebenheit. Er war auf der Suche. Im Grunde war es vielleicht das vollkommene Geborgensein der

Kindheit, das er draußen in der Welt suchte, das rein gefühlte Leben. Aber er war kein Träumer, der die alten Zeiten heraufbeschwörte.

Er wollte Menschen des reinen Gefühls in unserer Zeit finden, oder sie schaffen – aus sich selber zuerst, und dann zusammen mit ein paar Freunden, die er irgendwo, in Florida oder in Mexiko, anzusiedeln plante. Er fühlte sich als Antipapst gegen die Irrlehre vom sozialen Fortschritt, bei dem der Einzelne zum Maschinenteil gestanzt wird, und wie alle Religionsstifter wusste er, dass man mit dem »neuen Menschen« anfangen muss, mit der Bekehrung. Politik, Wissenschaft, Industrie stießen ihn ab. Einmal, in dem Roman »Die gefiederte Schlange«, hat er beschrieben, wie einige dieser »neuen Menschen« den indianischen Göttern in Mexiko wieder auf die Füße helfen. Und gerade dort, wo die Bekehrung aufhört und die Bewegung einsetzt, wird das Buch langweilig. Deswegen ließ ihn auch der totalitäre Staat kalt, obwohl man Lawrence gelegentlich als Faschisten verschrien hat. Ein Massenaufgebot von unerfüllten Menschen, die sich zum Fanatismus aufpeitschen, ganz gleich für welche Idee auch immer, konnte ihn nur anwidern. Denn das, was er suchte, war nur im Menschen selber zu finden.

Was war das nun eigentlich? Lawrences ungeheure Produktion ist ein einziges Bemühen, sich darüber klar zu werden. Er selbst, ein Dichter, nicht ein Präger von Begriffen wie Nietzsche oder Freud, hat es nur darstellen können. Einige Male spricht er von den »dunklen Göttern«. Sie sind tiefer als der Wille, tiefer als das Gefühl, tiefer selbst als das Freudsche Unbewusste. Sie sind das eigentliche Lebenselement, das stetige Feuer, das fortwährend Wärme an das Bewusstsein abgeben muss und deshalb im modernen Menschen schon fast erschöpft ist. Auf der Suche nach den dunklen Göttern fuhr Lawrence nach Cornwall, nach Italien, nach Korsika, nach Ceylon, nach Australien, zu den Reservationsindianern von Taos in Neu-Mexiko und zu den Stämmen des alten Mexiko. Und über jede dieser Gegenden schrieb er Geschichten und Romane, die eigentlich alle denselben Inhalt haben: Ein westlicher Mann, und öfter noch eine westliche Frau, die nach Erlösung dürstet und sie in diesen Ländern findet – oder auch nicht findet, denn Lawrence war Realist. Jede Romantik beruht auf einem Sehfehler, meist einer selbstauferlegten Beschränkung. Lawrence aber sah nicht nur durch seine eigenen wachen englischen Augen, sondern – mit geradezu verblüffender Einfühlung – auch durch die Augen der Frauen. So sehr er nach Beruhigung verlangte, er vermochte nicht diese Augen zu betrügen. Deswegen waren die Möglichkeiten eines Landes für ihn immer so bald erschöpft. »Känguru«, sein Australienbuch, schrieb er nach einem halbjährigen Aufenthalt; »Die gefiederte Schlange« war lang begonnen, bevor er Mexiko überhaupt erblickte.

Schließlich gab er es auf, in der Welt zu suchen, was ein Dichter doch nur in sich selber finden kann. Sein letztes Buch »Lady Chatterleys Liebhaber« spielt wieder im England seiner ersten Romane. Er hat das Buch dreimal von Grund auf neu geschrieben, offenbar jedes Mal ohne sich um die früheren Entwürfe zu kümmern, und auch das ist bezeichnend: Für ihn war dichterisches Schaffen ein so eruptiver Vorgang, dass jeder bewusste Eingriff nur zerstören konnte. In der »Ersten Lady Chatterley« ist noch viel Sozialkritisches. Die dritte Fassung bleibt Lawrences Vermächtnis. Es ist die Geschichte von zwei Liebenden, die alles Äußerliche abgestreift haben, allen überlieferten Glauben an Klasse, Vermögen, Ehe und Ehebruch, und wir erfahren nichts weiter, als wie ein vollkommenes Verhältnis zwischen Mann und Weib eben doch möglich ist, auch in unserer Zeit, und dass sie einzig an der Vermehrung solcher »Zellen der Vollkommenheit« genesen kann.

Denn die »dunklen Götter«, so hat Lawrence gefunden, wir tragen sie alle in uns. Sie werden wirksam in jedem Zustand reiner körperlicher Begierde, in dem aller Wille, alle Bewusstheit, aller Kampf der Geschlechter, der ja nur Eitelkeit ist, sich auflöst in die Hingabe. Und wenn dann wieder Licht sich über die beiden breitet, so ist es das strahlende Licht der Befriedigung, der Lebenslust, der Liebe zu »Tieren, Vögeln und Blumen«, wie Lawrences reifster Gedichtband heißt. Wer so geläutert ist, sagt Lawrence, der kennt keine Sehnsüchtelei nach Vergangenem und Jenseitigem, der braucht keine Bewegung, um zu spüren, dass er sich bewegt, keinen Krieg, um sich als Mann zu beweisen. Er freut sich an allem Lebendigen, hier und jetzt, und wer ihn sieht, der wird angesteckt von seiner Freude. So ein Mann ist Lawrence gewesen, der heute, zwanzig Jahre nach seinem Tode, mehr Menschen beeinflusst als je zuvor.

Vor ein paar Jahren ritt ich einmal auf die Ranch in der Nähe von Taos hinaus, wo Frieda Lawrence, damals 75-jährig, lebte. Es war eine Menge von Lawrences alten Freunden dort, und Frieda lief munter in einem bayrischen Dirndl hin und her und servierte – ihre Leidenschaft – hausgemachte Brötchen. Man plauderte viel über Lorenzo, wie ihn seine Freunde genannt haben, und plötzlich sagte Frieda lachend: »Kommt es Ihnen nicht auch so vor, als sprächen wir von einem, der nur verreist ist, keinem Toten? Wissen Sie, ein Mann wie Lawrence, der kann gar nicht sterben. Er ist in uns allen.«

THE WAY OF A GENTEEL CAT

Miss Dotty and I were on our way to the cat show. There was nothing Miss Dotty adored more than a lovely cat. To be sure, there was the matter of Mr. Albert Wilson. But then Miss Dotty declared three times every day that she didn't think about Al any more — no never never! I couldn't readily see how she managed to bring up his name so often without thinking of him at all. But then, her way was not my way.

Did I say Miss Dotty loved *cats*? I should have specified that she loved Persian cats, the color of old silver except for the paws which should be like well-shined black boots. That the cat must be 18 inches long (not counting the tail!) and feel very, very fluffy. How do I know all of this? Well, because that describes me to a T, and I am the cat she loves. Cathy is my name.

So here we were on our way to the schoolhouse where the event always takes place, I in my little traveling box for fear I might collect dust to spoil my grooming. The year before I'd been awarded the blue ribbon (personally I prefer red) and the title of "Most Beautiful Cat in Belleville". A big black horror named Tom, who belonged to Al Wilson, was the only serious runner-up. Since we hadn't heard of any new arrivals, there was a good chance we would win again. Yet Miss Dotty wasn't happy. In fact, she was moaning. "Oh dear, oh dear!", and I knew she was thinking of Al. You see, she wanted Al to win. If Al didn't win the contest this time, he would never talk to us again, because men are the vainest creatures under the sun.

When we arrived at the schoolhouse, I was put on my little stand which was last in line. I licked my fur a trifle, and then down the paws, just the old routine. We gave the competition the merest cursory glance, seeing at once that there was nothing to worry about. Much the usual crowd. Al was way at the other end, with Tom. I might mention in passing that Tom had once been my suitor. But he'd left me last year after only a few weeks of courtship, and so I simply gave him the cold stare, you know, quite opaque. Tom, poor thing, didn't have a chance to win against me, because he was really quite homely — in a rugged masculine way, of course. You wouldn't catch *me* thinking about him any more — no never never!

I didn't really see how Tom had managed to win second prize the last time. You'd imagine he and Al would be tickled pink. But no, with them it was first prize or bust. And so bust it had been, with Al leaving Miss Dotty, and Tom leaving me (not that I cared!) and never a tender word exchanged between the two parties since. Then we got to the stage of cold war. Al would say testily, "Don't let a little thing like that get under your skin, dear," with more in the same vein. And recently, as the new show approached, relations had become awfully strained.

"My gosh," Al had said yesterday, "just look at your animal's paws. Her nails are a mile long. They're longer than her whiskers even. Why, she doesn't hardly have any whiskers at all. What a creature: phooie!"

"Just who are you calling a creature?" Miss Dotty rose to my defense. "That thing of yours doesn't even have fur, nothing but black porcupine quills shooting out in all directions. Also, he yawns all the time. I wouldn't have given your lazy bum *last* place."

But Miss Dotty wouldn't let him tell her anything and had slammed the door in his face, and that was that …

The contest was well underway by then. The lady judges were plodding from one of us to the other, considering us from all angles. Rather superfluous, the whole thing, in view of the fact that I was bound to win. Unless — unless Miss Dotty had decided on something. I smiled up to her quizzically.

She was gazing furtively in Al's direction, and I heard her mutter, "I do hope I can manage for Al to win without offending Cathy's vanity." That hurt! But how should she go about letting Al win? There was one trick I knew. But would she turn to it?

The judges were now only a few contestants away from me. Already I could hear one gray-haired lady whisper to her neighbor: "That black one was good. But all the others, why, my dear —" and she held her nose discreetly.

I licked over mine. I stretched for a final rest before the decisive pose, one that must always appear very nonchalant and unconcerned, which is extremely strenuous. I looked encouragingly up at Miss Dotty. And then I saw that Miss Dotty was crying.

Miss Dotty was crying, because that black cat was none other than Tom, and she knew he would again take the second prize. We would capture the blue ribbon all right, and that would be that between Al and her, forever and forever.

Something had to be done, and quickly. I saw Miss Dotty extend her hand toward me, and I slid my head under it, wondering whether she would stroke me or — *or ruffle me!* You see, she could turn me into a perfect fright in no time at all, unacceptable even for a consolation prize. I held back my usual responsive purr, to let her know that my mind was in control over my emotions. I was ready for sacrifice. But Miss Dotty only sighed, and, smoothing a tiny stray hair in my fur, she whispered in my ear: "Cathy, I'd rather have you happy than anything else in the world." Which was very flattering to be sure, but frightful nonsense. So, then I knew that she had not the courage to go through with it, that I had to do it myself.

The ladies were now standing around us, beaming down on me with approval. I rose up on my paws yawning. I drew in my head and shoulders which makes my hair stand beautifully on end. A snarl began deep down in my chest. I let out my claws — long — longer, till they scratched the table. And then, having taken a good strong foothold, I sprang into the gray-haired lady's face.

The rest was pandemonium. Miss Dotty shrieked. The judges retreated hurriedly to their stand. From the other end of the hall, I could hear Al laughing. I didn't care. I had done my duty and it was good, although it was bitter too, me being a woman.

Miss Dotty lifted me up on her shoulder, pressing my head against her warm cheek, a place which I cherish particularly. "Oh my dear Cathy Cat," she breathed. But there still was work to be done, the hardest part of my scheme.

I jumped smoothly down, and while the judges began to read off the prize winners — that Tom had made the blue ribbon, of course — I threaded my way to the opposite end of the room, Miss Dotty running after me.

“Hel-lo, Tom,” I said, twitching my tail in a feigned gesture of forgiveness.

“Hel-lo, Dot. What did I tell you?” Al grinned, sprinkling on the salt.

“So you see!” Tom sneered, rubbing it in.

“Pardon me while I pick up my cat,” Miss Dotty said airily.

“She ran away from me. She does things against my express orders these days.”

“She does?” Al wondered, not grinning so much any more now.

He gave me a scrutinizing look. I put everything into mine. He must have understood.

“Dot, do you mean to say she did it on purpose?” he ejaculated. “Darn smart cat! She’d fit to Tom.” And that was the bitterest pill of all.

I turned to Miss Dotty to be comforted. Then, looking up again, I was surprised to see that Al wasn’t with us anymore. He was speaking to the gray-haired lady, and I saw her mouth — the side of it that wasn’t scratched — broaden and smile down on me benevolently. Then she cleared her throat.

“And now, ladies and gentlemen,” she announced, “for the first time today there will be awarded a new kind of prize. We all know that beauty fades, but finer qualities endure. At the suggestion of today’s prize winner, Mr. Albert Wilson, the Feline Club of Belleville bestows a special red ribbon on the Most Intelligent Cat in Town — and there she is — Cathy!”

Everyone applauded; only Tom gave with an unmannerly growl. I didn’t care. I was far too happy. Also, there would be ample time now to teach him how a husband should behave.

As to Al — well, I found that in some ways men do have the same taste as cats; for, having whispered something in Miss Dotty's ear, he was now kissing her gently on the cheek — right on my favorite spot.

DER NAPOLEON

»Los, Dutch«, sage ich. »Sing los.«

»Erst muss ich meinen Kaffee austrinken«, sagt Dutch. Er ist ein blonder, bedächtiger Junge, der alles mit Überlegung tut. Er spielt jeden Abend in der Bar Vert im Viertel Saint-Germain-des-Prés, aber er gehört nicht zu den Existenzialisten. Sein Mädchen sitzt immer neben ihm. Sie ist ganz ungeschminkt, aber hat schöne Augen, die irgendwie feucht werden, wenn er singt. Sie sind beide Holländer, Pazifisten oder was weiß ich, und jeder kann sehen, dass sie aus der Jugendbewegung kommen.

Die Bar Vert hat nur fünf Tische und es sitzen immer dieselben Leute an den Tischen. In einer Ecke thront der Napoleon. Der Napoleon trägt einen hohen Zylinderhut, einen Stock mit Elfenbeinkopf und einen schwarzen Überwurf. Er hat lange graue Haare bis zu den Schultern und einen Backenbart. Er trinkt eine »fine« nach der andren, weil er wohl vergessen möchte, dass er nicht wirklich in der Epoche Napoleons lebt. Wenn er genug getrunken hat, singt er die Madelon oder die Marseillaise, sehr begeistert und falsch.

Jetzt hat Dutch angefangen, seine Klampfe zu zupfen und zu singen. Er singt französische und amerikanische und jiddische und deutsche und holländische Volkslieder, und heute singt er wie Öl. Wir haben Madame Adèle gebeten, ihm Cognac in seinen Kaffee zu mischen, aber er merkt es nicht, weil er noch nie einen Cognac oder irgendeinen anderen Alkohol gekostet hat. Wir verlangen »Alouette« und »Oh, Susanna«, damit er sehr heiser wird, und nach dem letzten Refrain trinkt er seine vierte Tasse und dann ist es so weit.

Der Napoleon steht nämlich jetzt auf, stürmisch beklatscht, und singt »Ça ira«. Plötzlich fangen wir, die um Dutch herumsitzen, an, »Malbrough s'en va-t-en guerre« zu singen. Der Napoleon bricht ab und wir auch und es ist mäuschenstill im Raum. Dann beginnt er von vorn und wir beginnen auch von vorn und der Napoleon blinzelt verwirrt zu uns herüber und Dutch lacht gutmütig übers ganze Gesicht. Der Napoleon pflanzt sich vor uns auf, die Hand zwischen den oberen Westenknöpfen, und sagt nur ein Wort: »Austerlitz!«

Dutch hat nicht verstanden. Er glaubt, es ist ein Schimpfwort, aber er grinst noch immer, weil er alle Menschen gernhat. Wir brüllen im Chor, »Waterloo! Waterloo!«, es ist ein großer Spaß und der Napoleon wird rot unter dem Zylinder und hebt den Stock. Dutch begreift noch immer nichts. Er ist ganz kindlich, aber er ist stark wie ein Bär und wie wir ihn vorwärtsstoßen, geht er auf den Napoleon zu und im nächsten Augenblick spürt er den Stock auf seiner Schulter. Zugleich hat er den Napoleon auch schon am Boden. Der kann sich nicht so schnell aufrappeln, weil er ein alter Mann ist. Madame Adèle kommt schimpfend um die Bar herum. Sie steckt ihm den Zylinder auf den Kopf und hilft ihm auf und aus der Tür heraus.

Dann schauen wir uns nach Dutch um, aber er ist draußen auf der Toilette. Nach einer halben Stunde ist er noch immer draußen. Wir stoßen die Tür ein und da sitzt Dutch auf dem Klosettdeckel und hat sich übergeben und stöhnt in sich hinein, weil er sich einen Schuss setzen will und es nicht hinkriegt.

DER SCHWEIZER

Er war ein hübscher blonder Junge, vielleicht ein Schweizer oder ein Österreicher, denn sein Hut, der an der Wand hing, trug eine Feder und eine weiße gedrehte Schnur rundherum. Ich sah ihn an einem Samstagabend auf einem Bal Musette, wo die jungen Arbeiter tanzen gehen. Das Mädchen neben ihm war eine Französin. Ihre Lippen waren weinrot geschminkt, breiter an den Winkeln als in der Mitte, was ihr einen ziemlich sinnlichen Ausdruck verlieh. Sie war schon leicht betrunken und redete und tanzte unausgesetzt. Wenn ein Mann hinter einem andern Tisch den Kopf scharf zur Seite drehte, wie man die Frauen dort zum Tanzen auffordert, dann ging sie gleich hinüber und tanzte mit ihm. Der junge, blonde Schweizer hing mit den Augen an ihrem Gesicht, und wenn sie ihm manchmal flüchtig zulächelte, dann sah man, wie glücklich er mit ihr war. Offenbar konnte er nicht tanzen.

Dann brach das Orchester ab, und ein südamerikanischer Tenor brachte Lieder auf Spanisch und Französisch, und nachdem er einige Lieder gesungen hatte, begann sie zu rufen »Orchester! Orchester!« Die Leute drehten sich um und machten »Sch!« oder sagten Grobheiten, aber sie rief immer weiter »Orchester!«.

Plötzlich stand ein großer Kerl auf in einer grauen Mütze, einer von denen, die man wohl früher Apachen nannte, drängte sich zu ihr an den Tisch und sagte laut, »Ferme ta gueule!« – halt das Maul. Die Frau begann zu kreischen, dann zu weinen und während dem sah sie immer den jungen Schweizer an, und endlich stand der junge Schweizer auf und schlug den Apachen auf das Kinn, so dass er rücklings gegen das Orchesterpodium taumelte. Einige Leute begannen schon zu kichern. Aber diesmal stand der Apache ganz langsam auf mit der rechten Hand in der Hosentasche, dann hörten wir ein scharfes Klicken, und heraus kam das Messer. Der Apache beugte sich vor wie ein Affe, ließ das Messer langsam aus einer Hand in die andere rollen und dabei grinste er von unten. Als er nahe genug war, sprang der Schweizer ihn an.

Ich muss unwillkürlich weggeschaut haben, denn das Nächste was ich sah, war das Gesicht der Frau. Sie war aufgesprungen, fuchtelte mit den geballten Fäusten in der Luft herum und kreischte wie bei einem Boxkampf, »Hau ihn! Gib's ihm!« und dazwischen kicherte sie in einem fort.

Als ich mich wieder umsah, war schon alles vorüber. Der Apache lag auf der Seite mit angezogenen Knien und der Schweizer hockte neben ihm und zerbrach die Klinge des Messers unter seiner Schuhsohle.

Eine Welle von glückwünschenden Leuten brachte ihn an den Tisch zurück, aber seine Mundwinkel waren herabgezogen, während er die Frau anstarrte. Die Frau war ungemein erregt, ihre Lippen waren halb geöffnet, sie sah zu ihm auf, die Arme unter der Brust, wie eine Mutter, die ihren groß gewordenen Sohn erwartet. Er trat langsam auf sie zu, die Augen immer starr in den ihren und einmal, zweimal schlug er ihr die Hand quer über den Mund. Dann nahm er seinen Bergsteigerhut vom Haken und ging hinaus.

Später sagten sie mir dann, dass die Frau mit dem Apachen verheiratet war oder was man hier so verheiratet nennt.

DER MAQUISARD

Rodolphe Ruard war im Elsass geboren. Als er drei Jahre alt war, packte sein Vater die Familie auf einen Lastwagen und sie fuhren hinunter nach Marseille. Sie wohnten im Viertel des Alten Hafens. Ruard trug ein Messer im Gürtel unter dem Rock und besuchte die unterirdischen Lokale, wo er Pinard trank und mit den Mädchen auf ihre Zimmer ging. Er war sechzehn Jahre alt, als die Deutschen jedes Haus im Alten Hafen in die Luft sprengten. Ruard schloss sich der Widerstandsbewegung an, dem Maquis. Er sprach gut Deutsch, und nachdem er mit seinem Fallschirm gelandet und in die Stadt hineinmarschiert war, sah er nicht anders aus als die übrigen Jungen. Die Stadt war Linz. Man hatte ihm gute Informationen mitgegeben, und eine Woche später flog ein kleines Rüstungswerk in die Luft und dann ein anderes, und dann eine Konservenfabrik in der Nähe von Steyr, die Gasmasken herstellte. Darauf wurde er erwischt, aber französische Zwangsarbeiter versteckten ihn in einem Stall und er entkam über die Grenze. Er wurde noch zweimal abgeworfen, und im Juni 1945 trug er eine Reihe von farbigen Bändern an seiner Uniformjacke. Die Uniformjacke hängte er daheim in den Schrank seiner Mutter. Dann setzte er sich auf die Treppe, fast den ganzen Tag lang. Nach einigen Wochen sagte seine Mutter (der Vater war tot): »Chéri, es ist kein Geld im Haus. Du musst für deine Geschwister sorgen. Es ist Frieden, du solltest dir einen Posten suchen.«

Er sagte, »Ich kann gar nichts.«

Die Mutter sagte, »Es ist eine Stelle in der Wäscherei frei.«

Ruard arbeitete zwei Wochen lang in der Wäscherei, aber er sprach mit niemandem. Es waren nur Frauen dort und er hatte kein Verlangen mit Frauen zu reden. Nach zwei Wochen Wäscherei lief er aus dem kleinen Ort, wo seine Mutter jetzt wohnte, davon nach Marseille. In Marseille waren viele ehemalige Soldaten. Sie erzählten einander, wo sie im Krieg gewesen waren, und Ruard fühlte sich glücklich. Er gehörte zu ihnen, zu den Soldaten. Er nannte sich Pepito le Gitan, weil er dunkel war wie ein Rumäne. Einen, der ihm besonders gefiel, nannten sie Pierrot le Fou. Pierrot le Fou behauptete immer, dass ein Mann sich nur in der Gefahr als Mann erweisen könne. Ruard sagte, das sei wahr. Einen Abend nahm ihn Pierrot le Fou ins Hinterzimmer und raunte, es sei eine gefährliche Sache zu deichseln, ob er dabei sein wolle. Ruard sagte ja. Pierrot holte noch zwei Männer ab, gab allen Pistolen, die sie in den Gürtel unter die Jacke schoben, und die vier schlichen zusammen in ein Haus. Es war das Haus einer anderen Bande und fünf Minuten später flog es in die Luft. Ruard musste seine Pistole wieder abliefern, aber Pierrot le Fou versprach ihm, dass er bald wieder etwas aufreißen werde. Die Woche darauf brachen sie bei einem Schuster ein und so machten sie weiter, und eines Tages sprangen sie auf ein Postauto, das nach Nizza fuhr und der Fahrer schoss Ruard durch den Hals.

Das war im September 1949. Während des Winters wurde dann die ganze Bande gefangen, größtenteils durch Verrat und Bestechung. Im Frühjahr kam es zur Verhandlung vor dem Marseiller Schwurgericht. Ruard verteidigte sich selber. Er sagte:

»Die Kameradschaft in der Gefahr ist das Einzige, was mir in meinem Leben etwas bedeutet hat. Die Kameradschaft von Verbrechern war mir lieber als euer Existenzkampf, in dem jeder gegen jeden steht. Ich bin ein Kind des Krieges.«

Ruard ist jetzt 26 Jahre alt und wird den Hafen von Marseille nicht wiedersehen, bevor er 46 ist.

DER SEGLER

Der kleine sechseckige Teich in der Mitte des Jardin du Luxembourg war glatt und grünlich wie der Boden einer Flasche. Es war windig. Der Wind trieb die kleinen weißen Segelboote auf dem Teich aufeinander zu, aber wenn eines mit dem Kiel schon fast an das andere anstieß, scherten sie von selber ab, weil sie sich gegenseitig den Wind aus den Segeln nahmen. Dann liefen die Kinder, denen die Boote gehörten, an die neue Stelle, um ihr Schiff mit ihren langen Bambusstangen abzufangen.

»Der Wagen wartet, Pierre«, sagte die Frau, die neben mir stand zu dem Mann, den sie an der Hand hielt.

»Sofort«, sagte Pierre, ohne sie anzusehen. Starrte nur die Kinder an und ihre weißen Bötchen. Wenn zwei Boote aufeinander zusegelten oder auf den Springbrunnen in der Mitte des Bassins, der auf sie niedertrommelte wie ein Taifun, dann ballten sich seine Fäuste unwillkürlich. Seine blonden Haare bewegten sich leicht im Wind. Die Haare der Frau waren schwer und weinrot. Auch ihre Wangen waren schlecht gefärbt. Man konnte sehen, dass sie sich keine Mühe mehr gab schön zu sein, weil sie den Mann hatte, den sie wollte. Sie war etwa vierzig Jahre alt.

»Wir müssen von den Papieren reden«, sagte sie.

»Wie du willst, Liebling.« Er schaute weiter nach den Kindern.

»Wir werden die Braunkohlepapiere verkaufen, was sagst du?«

»Ja. Wie du willst. Du verstehst mehr davon als ich. Von allem verstehst du mehr.«

Sie sagte zärtlich: »Nicht von allem, Liebling.«

»Warum kann man nicht von vorne anfangen?« fragte er plötzlich.

»Du hast keinen Willen, Liebling. Du könntest nie etwas aus dir machen.«

»Vielleicht«, sagte er.

»Gefällt dir der Wagen nicht mehr? Du darfst ein Segelboot haben. Du darfst zur Regatta nach Cannes fahren, wenn du willst.«

»Cannes«, sagte er. Und nach einer Weile, »Ich will nicht segeln. Ich möchte ein Kind und hier im Luxembourg segeln.«

»Gehen wir zurück zum Wagen.«

Er knöpfte seinen Mantel auf und kramte mit der Hand in der Hosentasche herum. »Hier«, sagte er.

»Pierre!« Ihre roten Nägel krallten sich in seinen Ärmel.

»Ich will deinen Wagen nicht mehr fahren«, sagte er. »Nimm deinen Autoschlüssel. Ich will überhaupt keinen Wagen mehr fahren.«

»Es ist dein Wagen. Ich habe dir alles gegeben.«

»Ich will nicht alles«, sagte er. Er wischte ihre Hand von seinem Ärmel ab.

»Du bist verrückt, Pierre. Du weißt nicht, was du willst.«

»Doch«, sagte er. »Ich weiß es. Ich weiß, was ich will. Jetzt weiß ich, was ich will. Jetzt, wo es zu spät ist.«

DER ALGERIER

Der junge Mann mit der Latte in der Hand lief aus dem Haus in der Rue de Lappe heraus und hinter ihm lief ein anderer, der jünger war und der nichts in der Hand hatte. Es war zwei Uhr morgens, die Nacht von Sonnabend auf Sonntag, und die Bal Musettes in der Rue de Lappe waren hell erleuchtet. Der Mann mit der Latte war ein Algerier, und die Latte war ungefähr vier Fuß lang, und wenn der Junge ihm nah genug war, so schlug er ihm mit aller Kraft quer über den Kopf. Sie liefen im Kreis herum, immer an derselben Straßenecke. Der Junge war nicht feig. Er warf sogar seinen Rock weg, um schneller laufen zu können und nach einiger Zeit war sein Hemd ganz blutig. Der Algerier sagte nichts als »Pouf!« und »Encore pouf!«, wenn er seine Latte sausen ließ, aber der Junge sprach die ganze Zeit. Er sagte, »Das war meine Schwester« und »Du Schwein« und »Du Schwein, lass meine Schwester in Ruh«, und der Algerier zog ihm eins nach dem andern mit der Latte über den Kopf und rannte dann außer Reichweite.

Einige Leute hatten sich angesammelt und sahen stumm zu oder sie lachten. Oben im zweiten Stock ging quietschend ein Fenster auf. Eine Frau beugte sich heraus und nach einiger Zeit begann sie zu schreien, »Au secours!« – zu Hilfe, und wir sahen interessiert hinauf. Ein Mann sagte, sie solle nicht so laut schreien, sie werde die ganze Straße aufwecken, aber sie rief immer weiter »Au secours!« in kurzen Abständen, wie ein Vogel schreit, und dabei schaute sie uns ganz ruhig an.

Dann kamen zwei Polizisten auf Fahrrädern, große Männer in blau. Sie sprangen herunter und stürzten sich auf den Algerier. Sie schlugen ihn in den Magen und auf das Gesicht, mit geballten Fäusten.

Der Algerier sagte: »Sie hat mir mein ganzes Geld genommen«, und der Junge sagte, es sei nicht wahr, sie habe nur das Geld genommen, das er ihr versprochen habe. Der Algerier sagte, sie habe seine ganze Brieftasche weggenommen und sie habe gesagt, er solle die Nacht über bleiben und dann habe sie ihn fortschicken wollen. Er sprach sehr schlecht Französisch. Die zwei Polizisten nahmen den Algerier zwischen sich, jeder an einen Arm. Dann schwangen sie sich auf ihre Fahrräder, und der Algerier musste zwischen ihnen herlaufen.

Der Junge wandte sich zu uns und sagte, alle Algerier seien Schweine, und er sagte seine Schwester sei ein schönes Mädchen und sehr umgänglich, aber keiner von uns rührte sich.

UNTER EXISTENZIALISTEN

Wir saßen im Café des Deux Magots, vier junge Männer und ich. Die jungen Männer trugen alle Bärte, weil man im Viertel Saint-Germain-des-Prés einen Bart tragen muss, um nicht für einen Kleinbürger angesehen zu werden. Mein Freund Gaston trug den längsten Bart und er sprach auch am längsten.

»Sehen Sie den Mauerspalt dort drüben an der Ecke?«, fragte er mich.

»Dass es so zerspaltene Mauern gibt, dafür bin ich gesellschaftlich verantwortlich. Für die Ratten, die in dem Spalt unterkriechen, bin ich auch verantwortlich. Weiters bin ich verantwortlich für den Abfall, an dem sich die Ratten mästen. Schließlich –«

»Hören Sie, Gaston«, sagte ich. »Sie sind ein ausgezeichneter Redner, Sie sollten öffentlich reden.«

Er senkte bescheiden die Augenlider unter den schwarzgerahmten Brillen. »Ich nehme einen Kurs in Rhetorik an der Sorbonne«, sagte er. »Ich bin auch für mich verantwortlich.«

In dem Augenblick ging der ehemalige britische Pionieroberst vorüber, der jetzt für die französische Regierung die Lothringschen Gruben überwacht. Und ich hörte, wie er zu seiner Frau sagte: »Da sitzen sie und reden in ihre Bärte, anstatt etwas Vernünftiges zu tun.«

Ich war der Einzige, der ihn verstand und so sprang ich auf und hielt ihn an und sagte, »Entschuldigen Sie, Sir, aber man muss erst wissen, wofür man handelt, bevor man sich ins Handeln stürzt.

Erst muss man«, fuhr ich mit Wärme fort, »bis ins Allerkleinste ausgeklügelt haben –«, aber da hatte er mir schon den Rücken zugekehrt und war weitergegangen. Wir sprachen noch bis lange nach Mitternacht im Café des Deux Magots.

Am nächsten Vormittag las ich in der Zeitung, dass Gaston tot war. Er hatte sich vom Pont Neuf einer jungen Näherin nachgeworfen, die in die Seine gesprungen war. Das Mädchen war nachher selbst an Land gekrabbelt.

Den Abend waren wir alle bedrückt im Café des Deux Magots und während wir in unsere Pernods starrten, murmelten wir: »Ich bin für Gastons Tod verantwortlich – wir alle sind für Gastons Tod verantwortlich ...«

Plötzlich sah ich den Oberst vorüber gehen, ich stürzte sogleich hinaus und schrie ihn an: »Da haben Sie es. Für Sie war es nur Geschwätz. Aber Gaston ist für seine Überzeugung gestorben. Er fühlte sich eben auch für seine Verantwortlichkeit verantwortlich.«

Der Oberst lächelte ein wenig und sagte: »In der Zeitung stand auch, dass Ihr Gaston nicht schwimmen konnte. Hätte er Schwimmen gelernt anstatt Rhetorik, so würde ich vor ihm den Hut abziehen.« Und marschierte weiter.

Diese britischen Pfeffersäcke ...

DIE AMERIKANERIN

Sie saß auf der Terrasse des Café Dupont im Lateinischen Viertel und fühlte sich unglücklich. Sie schrieb einen Brief an ihre Mutter mit vielen gebildeten witzigen Wendungen, die sie im College gelernt hatte. Sie schrieb, gib Papa ein großes, dickes Hallo für mich, ich bin ekstatisch glücklich hier im Lateinischen Viertel, aber sie war sehr unglücklich. Sie fühlte sich nicht »drinnen«. Alle jungen Leute, die auf der Terrasse saßen oder die an ihr vorbeischlenderten, waren »drinnen«. Sie gehörten mit anderen jungen Leuten zusammen, sie pressten sich mit anderen jungen Leuten in klapprige Autos, um in kleine rauchige Nachtlokale zu fahren, und wenn sie nach Schweden oder England oder nach den Staaten heimfuhren, konnten sie sagen, sie hatten Paris erlebt. Patricia hatte Paris nicht erlebt. Sie hatte überhaupt nie etwas erlebt.

Pat war immer »draußen« gewesen; daheim in ihrer Kleinstadt in Kalifornien und später im College hatte sie nie zu einem »Klub« gehört. Darum hatte sie ihrer Mutter gesagt, das ganze Klubwesen sei lächerlich und hatte jeden Abend studiert, so dass sie lauter As und Bs bekam. Ein alter Professor, der sie immer gern am Arm streichelte, sagte ihr, sie sei für einen akademischen Beruf geboren, unbedingt. Sie müsse an die Sorbonne studieren gehen. Sie überredete ihren Vater dazu, denn sie hoffte in Paris würde sie endlich »drinnen« sein, aber es gab tausende amerikanische Studenten hier und tausende französische Studenten, die ihr wie fremde kleine Tiere vorkamen (sie war sehr hochgewachsen) und sie fand sich wieder »draußen« und war unglücklich.

Ein bärtiger, dunkler junger Mann, offenbar ein Spanier oder Südamerikaner, war an ihren Tisch getreten. Er murmelte: »Vous permettez, Mademoiselle?« und sie nickte stumm in der unwillkürlichen Herablassung des Amerikaners in Europa. Aber der junge Mann blieb weiter äußerst höflich und zuvorkommend. Er sprach fließend Englisch und als sie aufstand, ging er mit ihr mit, immer an ihrer linken Seite. Es war Abend und jetzt schien er gar nicht mehr so dunkel. Als er sie in ein Restaurant einlud, trank sie viel Rotwein, obwohl er ihr bitter vorkam und lachte oft und laut. Nachher gingen sie tanzen und der junge Mann versuchte gar nicht, ihr näher zu treten.

Sie traf ihn wieder am nächsten Abend. Er brachte sie mit seinen Freunden zusammen, man trank sehr viel Bitteres und sie saß unter ihnen wie eine weiße Göttin. Die Freunde hatten alle kein Geld, das gefiel ihr, weil es bei der Bohème so sein musste, und sie lieh allen Geld zum Trinken. In einer Woche hatte sie kein Geld mehr, und der junge Mann sagte, »Du liebst mich nicht«, und sie schrie »Ja! Ja!« denn sie hatte schreckliche Angst, wieder allein zu sein.

Diesen Abend ging sie mit dem jungen Mann in sein Hotel am Montparnasse, aber es war nur aus Angst vor dem Alleingelassenwerden und sie blieb ganz kalt. Der junge Mann beschimpfte sie, denn sie hatte ihn vor sich selber lächerlich gemacht. Sie war ganz wirr und tot innen, aber sie wusste nicht, was sie tun konnte. Es war zwei Uhr morgens, als der junge Mann sie in das Zimmer im ersten Stock brachte, wo einer seiner Freunde wohnte. Es war nur eine rotverhängte Lampe in dem Zimmer und es roch sehr eklig nach vielen schwitzenden Menschen. Ihr Freund ließ sie allein, aber zwei andere junge Männer kamen auf sie zu, gaben ihr ein Glas und luden sie zum Sitzen ein auf einer Matratze, die auf dem Fußboden lag. Sie trank sehr viel und dann war die Luft auf einmal nicht zum Atmen, aber sie fand die Tür zugesperrt.

Am nächsten Tag blieb sie im Bett, aber am übernächsten Tag schrieb sie einen langen Brief an ihren Vater, in dem sie ihn bat, ihr das Geld für die Rückreise zu schicken. »Europa ist faul bis auf den Knochen«, schrieb sie. »Jetzt erst sehe ich, dass Amerika das Land der Zukunft ist.« Dann ging sie in ein Kino, wo sie sich neben eine alte Dame hinsetzte, und wann immer der Held und die Heldin sich umarmten, schauderte ihr.

DER UNNÖTIGE

Zuerst glaubte, ich der Mann liege auf dem Trottoir, aber als ich den Kai überquerte sah ich, dass er auf dem Gitter der Metro lag. Die Metro stellt um ein Uhr morgens den Betrieb ein, aber die Lüftungsschächte bleiben die ganze Nacht warm, weil die Tunnel voll heißer Luft sind. Man sieht auch oft Katzen in der Nacht auf den Metrogittern liegen, aber dieser war ein Mann in einer Schiffermütze. Ich nahm ihn unter die Achseln und stellte ihn auf. Ich war erstaunt, weil ich keinen Alkohol riechen konnte.

»Müssen Sie an der Seine übernachten?« fragte ich ihn.

Er sagte: »Lass mich sterben, mein Kleiner.« Ich nahm ihn beim Arm und führte ihn vom Kai weg, und er sagte wieder: »Ich will sterben.«

»Wie alt bist du?«, fragte ich ihn.

»68«, sagte er. »Ich bin 68, aber man sieht es mir nicht an, was?«

Ich nahm ihm die Schiffermütze herunter. Seine Haare waren ganz weiß.

»Nein«, sagte ich. »Warum willst du sterben?«

»Meine Alte ist tot. Sie war erst 60, und als ich von Amerika zurückkam, war sie tot. Ihre Verwandten haben mir das Zimmer ausgeräumt, weil ich nicht mit ihr verheiratet war.«

Ich fragte ihn, wo er wohne, und er sagte: »Boulevard Raspail.« Und dann drehte er sich um, als wolle er zur Seine zurückkehren, aber ich zog ihn weiter.

»Warst du auch am Times Square?«, fragte ich.

»Ich war drei Wochen lang weg«, sagte er. »Ich bin Matrose – Koch. Sie wollten mir eine Pension geben. Und jetzt ist meine Alte tot. Wozu soll ich leben, wenn meine Alte tot ist? Ich habe niemanden, für den ich leben soll.«

Als wir in sein Zimmer kamen, war wirklich nur ein Feldbett mit einer Matratze da. Eine Glühbirne hing an ihrem Draht in der Ecke. Der Fußboden war ganz verfault.

»Ihre Verwandten aus der Normandie haben alles weggeschafft«, sagte er. »In einem großen Lastwagen. Sie hat mich geliebt. Jetzt liebt mich keiner mehr. Ich bin ganz unnötig auf der Welt.«

Ich gab ihm eine Zigarette und sagte ihm, er solle sich hinlegen, ich würde ihn am Morgen wieder besuchen. Er saß auf der Matratze und sah vor sich hin und rauchte.

Ich ging am nächsten Morgen zur Heilsarmee und man sagte mir durch das Guckloch, er könne im Schlafraum auf Stroh übernachten.

Ich sagte: »Er hat ein Zimmer. Er braucht etwas, wofür er leben kann.«

Der Mann zuckte die Achseln. »Gehen Sie zur Polizei. Da hätten wir viel zu tun. Gehen Sie in seine Kirche.«

Ich ging in die Kirche, die dem Boulevard Raspail am nächsten lag. Der Curé schlief, aber ein anderer Geistlicher gab mir 50 Franken.

»Haben Sie nicht eine Sankt Vincent von Paul-Schwester?«, fragte ich.

»Wir haben eine Kleine Schwester der Armen, aber nur für Kranke. Der Mann ist doch gesund?«

»Ja, er ist gesund«, sagte ich und ging zu seinem Haus zurück, aber der Alte war nicht da. Ich klopfte nebenan und eine Frau schrie durch die Tür, sie wisse nicht, wo er sei. Ich klopfte an andere Türen, aber man machte mir nirgends auf. Wie ich wieder im Hof stand, öffnete sich ein Fenster und eine Frau sagte, wenn ich so begierig sei, das Zimmer zu haben, dann müsse ich mit dem Hausbesitzer reden. Ich erzählte ihr von dem Alten und sie sagte: »Er war nie zu etwas gut. Die Frau hat immer gearbeitet, aber er war ganz unnötig.«

Der nächste Tag war Sonntag. Ich ging am Montag wieder hin und am nächsten Tag wieder und dann in größeren Abständen, aber er war fort. Abgesehen von der eingesparten Pension hat sich dadurch keinerlei Veränderung im Leben Frankreichs ergeben.

DER TÄNZER

Ich kam von der Butte Montmartre herunter und noch bevor ich zur Place Blanche kam, sah ich die Häuserwände in einem unnatürlichen blau-weißen Licht schwimmen, und die Schatten der Bäume bis unter die Dächer. Ich drängte mich in die Menge, die vorn durch ein Seil abgegrenzt war, und fragte: »Was drehen sie?«

»Einen Montmartrefilm«, sagte der große dünne junge Mann neben mir. »Immer drehen sie Montmartrefilme. Ich frage Sie – interessiert sich Amerika für irgendetwas anderes als Tanzfilme? Stattdessen –«

»Komm heim zu mir, Jean«, sagte das Mädchen neben ihm. Sie war rundlich und ungeschminkt, mit langen Haaren, ganz in schwarz gekleidet – Slacks, Pullover, Mantel, alles schwarz. Die Bebopper im Tabou trugen sich so, als es ihnen noch gehörte. Jetzt tanzen dort nur Amerikaner.

»Ich sage dir, er kennt mich«, sagte Jean. Erst glaubte ich, er sei wütend, aber dann sah ich, dass sein Gesicht rot gepudert war.

Sie sagte: »Es ist doch schon zwei Jahre her.«

»Alle haben den Film gesehen. Ich sage dir, er kennt mich bestimmt. Jeder Regisseur kennt mich. Jetzt warte ich nur noch, bis die Szene fertig gedreht ist.«

Die Szene wurde wiedergedreht, und dann noch einmal, und dann wieder und wieder. Ein kleiner krausköpfiger Junge, der einen Apfel aus der Gosse hebt, und wenn der Regisseur »Schnitt!« rief, ging der Junge an seinen Ausgangsort zurück und kräuselte sich die Haare mit seinen zwei Zeigefingern.

»Dann komm wenigstens mit mir tanzen, Jean«, sagte das Mädchen sanft.

»In deinem Zustand!«

»Mit dir kann ich immer tanzen.«

»Hast du Geld?«

»Sie lassen uns bestimmt herein.«

»Ja. Lokalkolorit. Damit die fetten B.O.F.s (Touristen) uns anstarren. Ohne mich, Marie.«

»Mir ist übel, Jean.«

»Er wird die Szene gleich fertig haben.«

»Willst du nicht mehr mit mir sein?«, fragte das Mädchen.

»Du machst mich speien«, sagte Jean laut.

Das Mädchen drehte sich von ihm weg und ging die Rue Pigalle hinunter. Als sie an einem der Scheinwerfer vorbeikam, sah ich, dass sie gar nicht dick war, sondern schwanger.

Dann hörte ich, wie einer von den Polizisten rief: »Sie da, bleiben Sie gefälligst hinter dem Seil.«

»Der Regisseur kennt mich.«

»Kennen Sie diesen jungen Mann, Monsieur Carné?«

Der Herr im Kamelhaarmantel wandte sich um, sagte »Nie gesehen«, und schrie sofort, »Szene vierundzwanzig!«

Der Polizist schob Jean unter dem Seil durch und Jean rief: »Marie! Marie!« und dann sagte eine junge Dame im Pelzmantel plötzlich: »Hello!« und Jean grinste und sie hängte sich in ihn ein und sagte: »Wohin wollen wir tanzen gehen?«

»Wo wohnen Sie jetzt, Miss?«, fragte er.

BEI DER ERSTEN MODESCHAU VON DIOR

Chloe, so berichtet der antike Hirtenroman, wurde von Daphnis das erste Mal in unbekleidetem Zustande erblickt. Mit dieser Szene beginnt, wenn ich mich recht erinnere, das Buch, das Du mir einmal geliehen hast, und hier endet eigentlich auch schon das Interesse für den modernen Leser. Warum? Um das zu beweisen, habe ich Dir diese kleine Abhandlung »Über den Reiz weiblicher Kleidungsstücke« geschrieben, die zwar für Männer bestimmt ist – aber Ihr Frauen habt ja nichts lieber, als wenn man sich mit Eurem Geheimwissen beschäftigt, und je frecher desto reizvoller ist es Euch.

Um also gleich mit einer frechen Behauptung zu beginnen: Es ist ja eine seit allen Zeiten von den Frauen klug fortgepflanzte Erfindung, dass sie mehr von der Schönheit verstehen als die Männer, dass sie geradezu den Instinkt dafür gepachtet haben. Nichts wäre weiter von der Wahrheit. Aber wer sorgt denn, und mit Recht, so ruft Ihr empört, für ein angenehmes Haus mit Garten? – Aber das ist häusliche Verzierung, und nicht immer vom Besten. – Und wer pflanzt die Kultur fort, wenn die Männer ihrem rauen Handwerk nachgehen? Wer gründet Kunstklubs und Leihbibliotheken, wer inspiriert und protegiert Künstler. Und unsere Kleider, auf wie hundertfache Art wir unseren Körper schmücken, ist das nicht – reine Schönheit? Davon wollte ich eben sprechen, meine Damen. Denn gerade Ihre Kleidung zeigt viel lieber als Sinn für Schönheit ein geradezu geniales Verständnis für das Wesen des Reizes, mit welchem offenbar jede Frau geboren wird. Aber ich will nicht verallgemeinern. Farbe, Schnitt, Muster der Kleidung, auch Frisur, bieten ein weites Feld für Schönheitssinn und Geschmack. Aber Sie haben erkannt, dass dies die Männer nicht befriedigt, dass die einfach angezogene Frau uns so wenig genügt, wie die gar nicht angezogene Chloe, dass Sie, um das größte Unglück zu vermeiden, das es für eine Frau gibt, nämlich zu langweilen, die Kunst des Erregens von Grund aus verstehen müssen. Den Zeitgenossen des Boethius mochte seine Hirtengeschichte genügen – obwohl ich, beiläufig gesagt, der Naivität des Autors nicht recht traue. Wir befinden uns aber gerade in einer Periode des – vielleicht sich schon langsam vergröbernden – Raffinements, und weder im Essen noch im Faire-l'amour genügt uns eine einfache Erledigung des Zweckes. Unser verfeinerter Geschmack verlangt Apéritif, Hors d'œuvres und einen häufigen Wechsel des Menus. Wenn eine einzige Frau uns befriedigen kann, so verdankt sie das zu keinem geringen Teil ihrem Geschmack.

Und unserer Fantasie. Denn von allen Nacht- und Tagträumen ist uns keiner lieber als der, in welchem wir eine Frau entkleiden. Nicht die Vorstellung des endgültigen Aktes erregt uns so sehr als die des Vor- und Zwischenspiels. Und wie viele weibliche Kleidungsstücke kommen nicht diesen Vorstellungen entgegen. (Und wie man weiß, ist das Entgegenkommen heute größer denn seit langem: Wie wurde noch Balzac von einem Fußknöchel in Taumel versetzt!) Fast die gesamte weibliche Garderobe ist darauf aus, uns zuzurufen: Komm nur, komm! Bis hierher und – noch ein kleines Stückchen – und jetzt halt! Das Übrige ist verbotenes Gebiet. Und – wie die Kinder, die wir ja in solchen Augenblicken sind – erblickten wir gerade dieses Verbotene für unser Leben gerne, viel, viel lieber jetzt als zu einer Gelegenheit, wenn das Anschauen erlaubt ist. Darum wird es uns langsam bewusst, was wir alles verloren haben, wenn wir heutzutage so viel mehr verraten bekommen als früher. Denn nicht nur, dass wir Männer sind und Schwierigkeiten lieben, sondern auch weil wir im Grunde Träumer sind und immer von der Realität enttäuscht. Unter Krinolinen ließen sich viel mehr Wunder erwarten. Und nirgends mehr als hinter einem keuschen Kleid – kein galanter Roman ist vollständig ohne die Entführung einer Nonne. Bei der heutigen Mode ist die Anzahl der möglichen Wunder beschränkter, und sie spricht ihren Zweck deutlich aus: Ihr stärkster Zauber besteht – wie der des Volksliedes – darin, anzudeuten, und dann abzubrechen.

Man nehme doch nur das raffinierteste Kleidungsstück der Frauen, den Rock. Die Daseinsberechtigung des Rockes ist leicht erteilt, viel schwerer ist es schon zu erklären, warum uns der eine mehr reizt als der andere. Was uns am Rock so anzieht ist, glaube ich, die Vorstellung, dass wir unter ihm leicht und ohne Hindernisse jene Stelle erreichen können, um die es uns ja am meisten geht. Zu diesem Zweck muss im interessantesten Rock die Illusion der leichten Verschiebbarkeit betont werden, die Vorstellung, dass der Rock nicht zum Bein gehört, sich ohne weiteres abheben kann. Ein enger Schoß, ein glatter, hart abstechender Saum, eine Menge von scharfen Faltungen, vertikale Streifen, die sich innen im Umschlag fortsetzen, das sind die Mittel, diese Vorstellung zu suggerieren. Dass die Illusion durch die Wirklichkeit unterstützt wird, und ein Rock sich tatsächlich verschieben lässt und mehr zum Vorschein bringen kann als er (angeblich) soll, ist vom männlichen Standpunkt aus nur zu begrüßen. Man darf aber nach dem oben Angedeuteten nicht mehr glauben, dass jede Öffnung von uns genossen werden kann. Wir müssen überzeugt werden, dass eine Frau uns reizen *will.* Ein der Bequemlichkeit halber offen gelassener unterster Knopf, oder gar ein aufgesprungener Verschluss, wird in uns nichts als Gleichgültigkeit erwecken. Wir bestehen nun einmal auf unserem Recht, erregt zu werden, und niemand kann ein plumpes Kleid mit allzu deutlichen technischen Mätzchen mehr verurteilen als wir. Ein weiter, schmiegsamer, mit Rüschen oder Spitzen besetzter Rock mag zwar möglicherweise sehr gefällig wirken, wird aber nicht einmal einem eifersüchtigen Ehemann auf die Dauer genügen. In dieser Kategorie gibt es, à propos, eine beglückende Ausnahme: Ich meine den Rock, der unten durch Fransen oder einen durchsichtigen Streifen abgeschlossen wird.

Ein durch solch einen Schleier erblicktes Knie wirkt aufreizender als ein vom Rock gänzlich freigelegtes und hundertmal mehr als ein durch eine kurze Hose, wie sie jetzt leider die Mode sind, bloßgelassenes. Dass uns, um es gleich zu sagen, eine solche Hose degoutieren muss, ist klar. Denn sie zeigt dem Tageslicht, was wir uns ausmalen möchten, und sie sperrt den Weg dort, wo wir unsere Wünsche am liebsten spazieren gehen lassen. Dagegen hat die lange Hose oder Jeans wieder ihren eigenen Reiz: nämlich die Vorstellung, dass der Körper eines Weibes, besonders an seinen schönsten Stellen, mit unseren eigenen Kleidungsstücken in Berührung kommt; mehr noch, dass man diese Brunhild erst wieder »zu einem Weibe machen« muss.

Der Zauber der oberen Hälfte der weiblichen Kleidung beruht andererseits nur zum Teil auf dem Prinzip des Hinweises auf etwas nie zu Zeigendes. Denn hier ist ja – wollen wir wenigstens hoffen – immer etwas zu sehen, und es kommt nur darauf an, das rechte Licht darauf zu werfen. An dieser Stelle haben übrigens die Frauen einen großen Vorteil: Während uns die Gegend des »mons veneris« *ästhetisch* nicht sonderlich berührt, hat der Kälteste von uns an einer schönen Büste sein Wohlgefallen. Denn die Anziehungskraft dieses Körperteils beruht weit weniger auf seiner äußerlichen Zusammensetzung, Veränderlichkeit, Lage, Nutzen, und der unendlichen Varietät von Vorstellungen, die sich daran knüpfen, als vielmehr ausschließlich auf seiner Form! Und diese kann ja, wie bekannt, quer durch ein Kleidungsstück nicht weniger genossen werden, als wenn die Oberfläche sichtbar wäre. Es kommt also darauf an, die möglichst gefällige Form zu betonen, und gleichzeitig den Reiz, durch Verhüllen zur Enthüllung zu locken, nicht zu vernachlässigen. Für diese Bedingungen haben die Frauen in einer ganzen Reihe von Ausschnitten, Abschlüssen und Drapierungen immer schon die rechte Lösung gefunden. Da wird hingewiesen und abgelenkt, umhüllt und angeschmiegt, man betont die Horizontale und zieht ein scharfes Gebirgsgrat von Spitze zu Spitze. Oder man lässt ein frommes Kreuzchen in das vielbesungene Tal hineingleiten – das Resultat ist immer dasselbe und ganz so, wie wir es uns wünschen: dass wir »sehen, was nicht ist«. Gerade Streifen werden die Kurvung betonen, ein andersfarbener Querstreifen hebt das ganze Gebiet hervor. Und am raffiniertesten ist eine durchsichtige Bluse, durch welche wir den Blick auf ein fleischfarbenes Kleidungsstück werfen, das gewöhnlich noch lange nicht Fleisch ist, aber *qu'importe*! So man uns nur das Gefühl gibt, dass wir Verbotenes erblicken, bekommt die Schönheit den nötigen Reiz, um uns zu begeistern. Das mag herabsetzend klingen, aber man bedenke: Was uns an einem Gesicht anzieht, ist ja weder ausschließlich noch auch vorzüglich die Regelmäßigkeit der Züge, und ich glaube, in der Kunst verhält es sich nicht anders.

Aber man lasse mich erst von anderen Kleidungsstücken reden. Keines ist verlockender als die dünnen Seidenstrümpfe oder Nylonstrümpfe, mit denen wir seit der fortschreitenden Kürzung des Rockes beglückt worden sind. Helle Strümpfe deuten auf Fleisch, dunkle bilden einen Kontrast mit der Haut. Und – wie auch beim Kleid – ist, durch ein schwarzes Gewebe gesehen, die Farbe des Körpers am reizvollsten. Feinmaschigkeit bietet Andeutung, während weite Maschen mehr von dem Darunterliegenden sehen lassen. Die heute leider verpönte Naht, zur Deutlichkeit oft nach außen gestülpt, akzentuiert durch ihre Geradlinigkeit die Kurve der Wade. Der Reiz des Strumpfbandes ist reichlich *passé*, und wird dann durch den vom Gürtel gehaltenen oberen Rand des Strumpfes ersetzt, dessen Überschreitung unsere Träume versüßt.

Auch die Schuhe der Frauen sind in den Dienst der Bezauberung gestellt. Hohe Absätze sind nicht etwa dazu da, um größer zu machen, sondern das Bein zu strecken und schlanker erscheinen zu lassen – man unterschätze auch nicht den uns wie ein Liebesakt zugewölbten Bogen des steilen Ristes. Nicht leicht zu erklären ist mir dagegen der Reiz der Kreuzbandschuhe. Kann es einzig der Kontrast von Material und Farbe mit dem Fleisch sein, der uns dabei so anzieht? Oder ist es nicht vielmehr die angedeutete Idee der *Fesselung*?

Ganz anders sind dagegen die Stiefel zu betrachten. Etwas Gefährliches muss ihnen inbegriffen sein, sonst hätten sie nicht vor ein paar Jahrzehnten den verruchten Dirnentyp des »Stiefelmädchens« kennzeichnen können. Wieder ist der besondere Zauber dieses Stückes nicht leicht zu durchschauen. Neben der Suggestion des Verborgenen und dem blumenartigen Aufsteigen des Beines aus dem Dunkel, sei an den glatten oberen Rand erinnert, der nicht nur die Kurvung des Beines hervorhebt, sondern auch den Rocksaum spiegelt. Wem das zu subtil erscheint, mag zum Vergleich den runden Abschluss des amerikanischen Cowgirl-Stiefels heranziehen: Er ist längst nicht so verführerisch.

Und nun der berüchtigte Hut – dem einfältigen Mann manchmal ein Stein des Anstoßes und der Lächerlichkeit. In Wahrheit erfüllt er aber eine ganze Reihe von Zwecken vorzüglich – nicht eingeschlossen das Abhalten des Regens oder des Sonnenglanzes. Kaum ein anderes Kleidungsstück hat sich weiter von seinem ursprünglichen Nutzen entfernt. Der Hut bietet Kontrast von Farbe und Form, schmückt, macht größer, gleicht ein Gesicht aus – aber ein gut Teil seiner Wirkung verdankt er dennoch unserer Fantasie. Denn die vornehmsten Aufgaben des Hutes sind: am Kopfe, dem einzigen sich unverhüllt darbietenden Körperteil einer Frau, verborgene Stellen zu schaffen, und daneben: das Gesicht so zu verändern, dass es uns zur Rückführung auf den Naturzustand reizt. Nicht anders steht es mit der Haartracht, die ja auch nur eine Art Hut ist. Die aufgesteckten Haare verlocken dazu, sie aufzulösen, die herabhängenden wiederum bilden im Nacken eine dämmerige Höhle, die zur Erforschung verführen kann.

Aber jetzt werde ich von einer einzigen Welle der Empörung unterbrochen. Ist das alte von eingebildeten Männern erfundene Märchen, dass die Frauen sich nur für sie verschönern, nicht schon längst widerlegt? Nämlich durch die Tatsache, dass auch verheiratete, oder ganz zurückgezogen lebende Frauen, längst entmutigte alte Jungfern, ja in manchen Ländern sogar die Nonnen sich »schön machen«. Ist das nicht ein Beweis für den von aller Materie unabhängigen Schönheitstrieb im Weibe? Meine Damen – leider nein! Denn so wie – *sans comparaison* – der Harzer Roller singt, auch wenn der nächste Kanarienvogel durch einen Ozean von ihm getrennt ist, ebenso muss die Frau sich herrichten. Ich glaube, das ist ihr unbewusster, ja geradezu automatischer Trieb.

Nicht weniger unbewusst übrigens ist die Charakterveränderung, die – bei den Frauen viel auffallender als beim Mann – jedem Wechsel des Kostüms folgt. In dieser Zeit da keine zwei Frauen das gleiche Kleid tragen wollen, scheint es uns ja oft, als ob gewisse Kleider zu einer Frau gehörten, und irgendwie sind wir immer überrascht, wenn sie in einem neuen Kleid erscheint. Denn wenn sie die Kunst versteht, so verschmilzt sie mit ihrem Kleid, Make-up, Parfum zu einer einzigen betörenden Gestalt, und wir empfinden die Ingredienzien nicht als solche. Dass aber auch ihr Inneres mit dieser Hülle zusammenschmelzen kann, ist dem Mann, bei welchem ja Geist und Körper viel einschneidender getrennt sind, oft eine große Verblüffung. Nicht nur das Äußere der Frau ist nämlich hundertmal veränderlicher als das unsere – beiläufig gesagt, Frauen »richten sich nicht nur her« um schöner, sondern auch, um immer *anders* zu werden, um uns immer neu zu fesseln und auch, um uns die Chance zu geben, sie auf ihren ursprünglichen Zustand (oder was wir dafür halten) zurückzuführen.

Und so bin ich als Resultat dieser kleinen Betrachtung versucht vorzuschlagen (und damit meiner Einleitung zu widersprechen), dass auch die Schönheit meist nur relativ ist, und dass beim Betrachten viele Faktoren mitwirken, die mit dem Gegenstande *implicite* wenig zu tun haben. Was die Mode betrifft, ist ein Beweis dafür leicht abzuleiten, denn die laufende erscheint uns fast immer am schönsten. Und, beiläufig gesagt, materialistisch wie unser Zeitalter ist, legen wir ihr oft alle möglichen anderen Vorzüge bei, und nennen sie auch gern gesund, praktisch, ehrlich oder ästhetisch.

Da die Skala der guten Eigenschaften aber offenbar kreisrund ist, erweist sich uns einmal das Einfache, dann wieder das Raffinierte als ideal, heute das Schlanke, morgen das natürlich Gerundete. Den Frauen sei Dank.

DAS WISSEN

Ich hatte seit langem kaum mehr an ihn gedacht, und er wäre mir wahrscheinlich nicht mehr aus den Tiefen des Gedächtnisses aufgetaucht, hätte ich nicht neulich den Brief dieses Freundes erhalten. In dem er mir seine Gedanken und Pläne mitteilte. Dazu die Bitte, ihm bei der Lösung einiger Lebensprobleme behilflich zu sein. In dem Brief meines Freundes war nun auch die Rede von seinem Gewissen, das er nicht genug zu loben wusste. Auf mir zuerst nicht ganz erklärliche Weise durch diese Sätze unangenehm berührt, verfiel ich in Nachdenken. Das dann auch Stück für Stück aus meinem Gedächtnis die Erinnerung ausgrub, wie Wissen und Gewissen einst diesen Bekannten von mir in Verzweiflung getrieben und fast zugrunde gerichtet hatten.

Ich war in meinen ersten Semestern an der medizinischen Fakultät kaum ein guter Hörer zu nennen. Ich stammte aus einer bequem lebenden bürgerlichen Familie und war mehr, weil es zum guten Ton gehörte, als aus innerem Antrieb an die Uni gegangen. Ich trieb mich lieber mit den Studenten herum, die laut diskutierend die Straßen durchstrolchten. Ich war in allen Weinkellern zuhause, von den Absteigquartieren gar nicht zu reden. Ich gehörte also entschieden »zur Bande«. Doch warf ich manchmal neugierige Blicke auf jene verachtete Gruppe von Studenten, die jede Vorlesung fleißig besuchten. Und nachher gleich nach Hause eilten, um mit Nachhilfestunden die Kosten für ihr Studium aufzubringen. Zu dieser Gruppe, und eigentlich typisch für sie mit seinem blassen Gesicht und dem abgeschabten Anzug, gehörte auch Karl B. Ich hatte wohl kaum öfter als zwei oder drei Mal mit ihm geredet, denn er war der blasseste, kurzsichtigste und abgeschabteste von allen und mir nicht recht sympathisch. Aber einmal traf ich ihn auf der Straße, und da er mich wohl wider Erwarten ganz passabel fand, so bat er mich unvermutet, am nächsten Tag dem Begräbnis seines Vaters beizuwohnen. Ich sah ihn erstaunt an, denn nichts in seiner Stimme zeigte, dass er von diesem Tod besonders ergriffen war. Und noch viel krasser erschien mir diese Gleichgültigkeit anderntags beim Leichenbegängnis. Denn kaum hatten nach einem endlosen Marsch die vier griesgrämigen Träger den groben Sarg eingesenkt, als sich mir Karl mit einem fast befreiten Lächeln zuwandte. Dem er allerdings, mein Befremden bemerkend, ein abgedroschenes »er hat's hinter sich« hinzusetzte. Diesem ungewöhnlichen Benehmen auf den Grund zu kommen, reizte meine psychologische Neugier. Und aus Gesprächen mit ihm und anderen, die ihn kannten, erfuhr ich nach und nach das Folgende.

Karls Vater kam aus ärmlichsten Verhältnissen. Er hatte sich mit vier Jahren Volksschule als einzigem Rüstzeug unter ungeheuren Anstrengungen eine Stellung erworben, die ihm als Gipfelpunkt des Erreichbaren vorkam. Er war fast vierzig Jahre alt, als er sich endlich in der Lage fühlte, das Mädchen, mit dem er zehn Jahre lang verlobt gewesen war, zu heiraten. Ob sie ihn sehr geliebt hat, darf man bezweifeln. Er war früh gealtert und verkündete bei jeder Gelegenheit, dass es Prinzipien und eiserner Wille gewesen seien, die ihn so weit gebracht hatten. Seine Frau starb kurz nachdem sie Karl, ihrem einzigen Sohn, das Leben geschenkt hatte. Diesem wandte jetzt der Vater seine volle Aufmerksamkeit zu. Ihm wollte er beibringen, wonach er selbst sein Leben lang vergeblich gelechzt hatte, und das war vor allem das »Wissen«. Vor dem Wissen hatte sein Vater einen ungeheuren Respekt, das betete er an, anstatt des Gottes, an den zu glauben er früh aufgehört hatte. »Was diesem alten Schädel in seinem Leben nicht begreiflich wird, das kann dein junger Verstand in zehn Minuten einsaugen. Nütze ihn!« Bücher gab es zu Weihnachten, Bücher zum Namenstag, Bücher auch ohne Anlass. Jeden Tag musste er mit Lesen, Abschreiben, Aufsagen, Auswendiglernen verbringen. Keine Spiele für ihn, keine Ausflüge, kein Zusammensein mit Kameraden. »Eine Stunde, in der du nichts gelernt hast, ist aus deinem Leben verloren«, war sein tägliches Credo. Dabei galt als »Wissen« nur, was sozusagen Schwarz auf Weiß dem Verstand zugänglich war. Es musste präzise sein, in Worten oder Zahlen demonstrierbar. Nun war der Junge von Natur aus gefühlvoll, fantasiebegabt, hatte ein empfängliches Gemüt. Früh hatte er die Tragik der Mutterlosigkeit gespürt. Aber da er so wenig mit anderen Kindern in Berührung kam, so löste sich sein Leid in unbestimmtes Sehnen, was dann den verständnislosen Vater erst recht erzürnte. Und seit einmal eine Drehorgel auf der Straße gespielt hatte und der Junge ihr, den Oberkörper weit aus dem Fenster gestreckt, mit feuchten Augen nachschaute, blieben die Scheiben meist verschlossen. Trotzdem liebte er seinen Vater und suchte, ihm auf alle Art Freude zu bereiten. Oder auf jene feine Art, die manchen Kindern eigen ist, bemitleidete er ihn auch. Etwa wenn er beim Überprüfen die fremden Worte nicht richtig aussprechen konnte.

Als Karl mit 17 Jahren in die medizinische Fakultät eintrat, war er ein Automat, der mit unglaublicher Geschwindigkeit Daten in sich aufsaugen und wieder ausspeien konnte. Von den Menschen wusste er wenig. Nach der ersten großen Überraschung, dass die

Kommilitonen nicht so waren wie er, verachtete er sie zumeist. Hat er sich bisher nur vor seinem Vater produzieren können, so war er hier in seinem Element. Endlich war das viele Wissen zu etwas nütz. Die Studenten nannten ihn »das wandernde Konversationslexikon«. Anfangs waren ihm wenigstens die Professoren gewogen. Aber er hatte eine so herablassende Art, ihr Lob entgegenzunehmen, er unterbrach sie so oft mit Verbesserungen, er zitierte mit Fleiß Autoren, die keiner gelesen haben konnte, dass sie ihn bald nicht minder hassten als die Studenten. Diese aber hatten ihn instinktiv durchschaut: Dass er letztlich ein Schmarotzer war mit prächtigen Auswüchsen, aber wurzellos und lebensunfähig an sich. Er hatte keinen Freund. So lebte Karl unter einem unsichtbaren Zwang, den er nicht als solchen erkannte. Denn längst war der Befehl seines Vaters zu seinem Gewissen geworden. Es brauchte keine Ermahnungen mehr: Karl tat, was er musste, von seinem Gewissen geleitet.

Und dann lernte er Lene kennen. Die nicht besonders schnell auffassende Studentin hatte ihn um Nachhilfestunden gebeten, und aus Geldmangel hatte er einwilligen müssen. Drei Stunden wöchentlich verloren, von dem sieben Minuten dauernden Weg von seinem zu ihrem Domizil nicht zu reden. Aber da war plötzlich dieses unerprobte Organ, das Herz. Als er es lauter schlagen spürte, sträubte er sich natürlich dagegen. Erfahrung war eine zu zeitraubende Art des Lernens. Aber es half ihm nichts. Vielleicht hat ihn auch der Hauch einer Ahnung ergriffen. Jedenfalls nahm er seinen festgesetzten Stundenplan und schrieb unter die Rubrik »Leben«, wofür er wöchentlich zwei Stunden beiseitegesetzt hatte, das Wort »Lene«. Was diese betrifft, so war sie ohne große Schönheit, und nicht gerade unter den Aufgeschlossensten im Hörsaal, doch mit einem warmen Herzen ausgestattet. Es war wohl Karls Blässe, sein verkniffener Ausdruck, was sie zuerst anzog. Erst später lernte sie seinen inneren Zustand kennen und nahm sich vor, ihn zu »retten«. Dieser wehrte sich verzweifelt. Zuerst einmal versuchte er einen genialen Selbstbetrug. Vor dem Spiegel stehend und sein hässliches Gesicht begrinsend, redete er sich ein, dass es nichts anderes sein könne als sein Wissen, das sie anziehe. Ja, so war es. Nichts anderes wünschte sie, als dass er sich seiner Berufung widme, damit sie auf ihn stolz sein konnte. Nun wollte es das Pech, dass er in jenem Monat seine wenige Freizeit mit dem Studium der Philosophie ausfüllte. Was beileibe nicht sagen will, dass er sich um Sinn und Bedeutung des Daseins bemühte. Sondern vielmehr, dass er mittels seines phänomenalen Gedächtnisses die Schriften der antiken und modernen Denker auswendig lernte. Dieser Umgang mit Werken, die jenseits des Horizontes der meisten Kommilitonen lagen, machte ihn natürlich noch hochmütiger als sonst. Und er ließ es weder an Anspielungen auf »seine Leibphilosophen« noch an reichlicher Würzung seiner Rede mit »sub specie aeternitatis« oder »psycho-physischem Parallelismus« fehlen. Die arme Lene sah sich plötzlich einem Liebhaber gegenüber, der in salopper Kleidung, wachsen lassen des Bartes etc. seine Verachtung für die irdischen Angelegenheiten der Welt kundtat. Was Lene betraf, so begann sie um diese Zeit, die Natur seines Zustandes zu begreifen. Dies setzte sie ihm auch in einer passenden Stunde auseinander.

Für diese Auseinandersetzung muss er innerlich bereit gewesen sein. Denn ein Mensch, der unter seinem Fuß das Straßenpflaster zu Wasser werden sieht, kann nicht erschütterter sein als Karl, als er seinen inneren Zustand erfuhr. Er hatte seine Kindheit fast vergessen gehabt, für eine Gottesgabe dasjenige gehalten, was vor allem eingefleischter Zwang war. Und in einer Aufwallung von Selbsterkenntnis beschloss er zu lieben. Allein wie jämmerlich waren doch seine Liebesanstrengungen. Wie schwer kam doch das Blut in Aufruhr in diesem verschrumpften, verkümmerten Herzen.

Zuerst verlängerte er die Rubrik »Leben« auf sieben Stunden wöchentlich, Gehzeit nicht eingerechnet. Auf Lenes Anraten fügte er noch eine Viertelstunde Musik, Gedichte lesen, oder sonstige emotionale Vorbereitung vor jede Stunde, die er mit ihr verbrachte. Und diese Stunden dann: Wer litte nicht mit dem armen Karl und seinen krampfhaften Versuchen, seine Gefühle hochzutreiben? Und die gute Lene, was tat sie nicht alles, um ihm beizustehen. Sie machte sich schön, begehrenswert oder auch bejammernswürdig. Sie schmeichelte ihm und manchmal, mit einiger Anstrengung, gab sie sich ihm hin. Getreulich absolvierte Karl seine Lektionen. Und es begann wirklich das so lange schlummernde Gefühl sich allmählich in ihm zu regen, so wie der Atem eines Bewusstlosen durch künstliche Beatmung in Bewegung gesetzt werden kann. Andererseits gab es auch immer wieder Rückschläge. Alles das wurde ins Taschenbuch eingetragen: Wann er sie lieblich fand, wann er sie begehrte, wann er sie spontan in die Arme schloss. Dann wieder musste er aufspringen, in sein Studierzimmer laufen und sich auf ein Buch konzentrieren. So stand es, als sein Vater starb. Und in einem Strom von Hoffnung und Vertrauen nimmt er jetzt Lene und reist mit ihr fort, um sein Gewissen mit dem Alten im Grabe zurückzulassen. Der Plan schlägt fehl. Er muss zurück zu seinen Büchern, seinen Gewissensqualen, seinen schlaflosen Nächten. Er verbringt jetzt schon halbe Tage mit Lene. Aber nachher ist immer wieder Verzweiflung da. Er frisst Buch auf Buch in sich hinein, oft ohne sich über die Bedeutung der Wörter klarzuwerden. Lene, bei der er ruhig ist, solange er es bei ihr aushält, kann seine Qualen nicht mehr lindern. Einmal sitzt er gegen drei Uhr morgens bei einem philosophischen Problem, das will und will sich nicht lösen lassen, dabei warten noch andere Aufgaben auf ihn. Er wirft die Brille auf den Tisch, springt auf, die Hände in die wunden Augenhöhlen vergraben. Da wird es auf einmal dunkel um ihn, eine sprühende Scheibe dreht sich wie rasend, er spürt noch, dass er hinfällt und weiß sonst nichts mehr.

»Sind Sie von Sinnen, Schwester? Sie haben ihm gesagt, dass er blind bleiben wird? Und wussten doch, dass das Studieren sein ganzes Leben ausmacht?« Der Arzt betritt das Krankenzimmer und bleibt verblüfft in der Türe stehen. Der Patient hatte sich aufgerichtet und den einen Arm um ein am Bettrand sitzendes Mädchen geschlungen, während er mit dem anderen begeistert in der Luft herumrudert, schreit er mit heiserer Stimme: »Tod ist Leben! Tod ist Leben!« Und um seinen Mund liegt ein noch nie gesehenes Lächeln.

»LA GLACIALE« (DIE EISKALTE)

Es ist nicht leicht, den provenzalischen Herbst zu beschreiben. Ich denke dabei nicht einmal so sehr an die vielgerühmte Milde der Witterung oder die Farbenpracht der Laubwälder, als an die eigenartige Zusammengehörigkeit, die man in dieser Jahreszeit mit dem Land empfindet – es erfasst den Fremden eine unerklärliche Wehmut, gleich als hätte man seine Kindheit hier verbracht und kehrte jetzt zurück und alles wäre anders … Nur der »indianische Sommer« meines New Englands erweckt in mir eine ähnliche Stimmung, so überkam es mich, und damit waren meine Gedanken wieder im alten Fahrwasser. Zum dritten Mal zog ich das wochenalte Vermonter Journal aus der Tasche, um es auf etwa übersehene Nachrichten zu studieren. Eine schattige Bank erklärte sich nach einigem Ächzen bereit, mich aufzunehmen, und eben wollte ich von neuem die Heirats- und Scheidungschronik durchnehmen, als der von den Darwinianern noch unerklärte sechste Sinn des Journalisten mich auf das Herannahen einer Dame aufmerksam machte. Die Schöne ließ sich neben mir auf der Bank nieder – ein nicht mehr junges Frauenzimmer, stellte ich sogleich aus den Augenwinkeln fest, wenn auch wohl gebaut, und mit ravissanten Beinen. Ich wollte mich eben wieder der Verlobung unserer Miss Pimlico zuwenden, als mich die Dame nach einem kleinen Räuspern fragte, ob das eine amerikanische Zeitung sei. Und auf meine bejahende Antwort hin, aus ihrem Handtäschchen einen gefalteten Zeitungsausschnitt kramte, den sie mir überreichte.

»Darf ich Sie bitten, mein Herr, mir diese wenigen Zeilen zu übersetzen; sie sind ein paar Jahre alt, wurden mir jedoch eben erst zugesandt.«

Sie lächelte auf eine Art, die ihr Gesicht wie das eines kleinen Mädchens hätte erscheinen lassen, wären nicht der rissige Mund, die eingefallenen und fleckig überpuderten Wangen sowie das zwei Zoll hinter der Wurzel der braunen Haare ansetzende Blond dieser Illusion einer wohl längst verlorenen Unschuld im Wege gestanden.

Der Ausschnitt war eine Seite des Life Magazine vom vergangenen Juli und brachte unter den Fotografien zweier verschiedenen Mädchen den folgenden Text:

Die Kurtisane der Nazis. Französische Schauspielerin und Kollaboratrice, einst die Königin von Paris, verliert Schönheit und Bürgerrechte. Im Jahre 1939 verhalf Daphne Lachance, aufsehenerregende Neuerscheinung am französischen Kinohimmel, dem Film »Gefängnisse ohne Gitter« zu einem internationalen Erfolg, der es den Kritikern schwer machte, ihre schlanke pikante Schönheit und die Unschuld ihrer großen erstaunten Augen zu beschreiben. Bei Interviews pflegte sie mit kindlichem Charme zu sagen: Ich bin zu jung für die Liebe. Das war eine zarte Lüge. Denn schon als 18-jährige Schönheit war Daphne die geheime Mätresse von Otto Abetz, Hitlers Vorhut und fünfter Kolonne in Frankreich gewesen. Als Abetz während der Besetzung offizieller Gesandter wurde, war Daphne die Königin von Paris und prunkte mit Seiden und Champagner, während prüdere Pariserinnen fast verhungerten. Ihr Salon stand an Popularität nur ihrem privaten Boudoir nach, das zu verschiedenen Zeiten vom Grafen Ciano, von Joseph Goebbels, Pierre Laval, und einer Reihe von deutschen und italienischen Offizieren besucht wurde. Einschließlich einem Hauptmann der Luftwaffe, dem sie eine Tochter gebar. Ihr Vater, Jean Lachance, ein alter Kollaborateur, der stolz auf Daphnes Ruf als erster Kurtisane der Besetzung war, erhielt die Chefredaktion der größten Zeitung von Paris, Le Jour. Für die freundlichen Lachances war das Leben im besiegten Frankreich vergnüglicher als je zuvor.

Leider setzte der alliierte Sieg diesen Vergnügungen ein Ende. Vater Jean wurde aufgespürt und sofort als Verräter erschossen. Tochter Daphne erschien in einem Pariser Gerichtssaal, um sich zu verantworten. Während das Gericht die lange Liste der Festlichkeiten und Liebhaber verlas, die sie genossen hatte, stand sie wortlos daneben, nunmehr ohne Stolz und fast ohne Schönheit, ihr Gesicht gealtert durch Ausschweifung und Tuberkulose. Als die Richter sie zu zehn Jahren »nationaler Unwürdigkeit« verurteilten und ihr damit die Rechte eines freien französischen Bürgers absprachen, konnte sie nur stammeln: »Ich war jung und dumm ... Ich verstand nicht ...«

Die Pressefotografien zeigten meist links die Filmschauspielerin Daphne Lachance wie auch Amerika sie einst bewundert hatte; ihr gegenüber das Bild der Frau, die neben mir saß. Ich gab ihr das Blatt zurück und murmelte etwas von einer dringenden Verabredung. Ohne Zweifel besaß sie eine Serie von solchen Ausschnitten in allen Sprachen, die ihr als Anlass dienten, wehrlose Touristen mit ihrer Lebensgeschichte zu überfallen. Indessen legte mir meine Nachbarin bloß leicht die behandschuhte Linke auf den Ärmel und sagte in dem angenehmen Singsang, dessen nur Französinnen fähig sind: »Werden Sie es glauben, mein Herr, dass ich hier sehr glücklich bin? Ich sitze auf meinem Bänkchen – Sie haben es heute usurpiert, es sei Ihnen aber verziehen – ich betrachte mir die Leute, die am

Korso spazieren gehen, vormittags die Mütter mit ihren Babys, nachmittags die alten Herrn im steifen Kragen, abends die Liebespaare, und –« sie lehnte sich zurück und streckte beide Arme gegen die Krone der Linde, die uns unnötigerweise vor der schon kühlen Abendsonne beschattete – »wie Sie sehen, fallen einem bereits die ersten welken Blätter in den Schoß, bald ist es kalt und ich sitze in meinem Stübchen und sticke –«

»Mademoiselle Lachance«, unterbrach ich sie, »ich fürchte, man wird Sie nicht lange sticken lassen; Sie sind nämlich noch immer eine große Schauspielerin.«

Ihr Gesicht löste sich wieder in jenem weichen Lächeln, aber sie schüttelte nur langsam den Kopf. Dann schlossen sich ihre Lippen, und ich sah bestürzt das Herabziehen und Zucken der Mundwinkel, dem die Tränen folgten.

»Mademoiselle Lachance«, bat ich rasch. »Sie haben sich damals nicht verteidigt. Darf ich hoffen, dass Sie mir, einem fremden Journalisten, die Ehre erweisen würden –« ich verwickelte mich in meinen französischen Floskeln und verstummte. Sie schluckte ein Weilchen, und ich konzentrierte meine Aufmerksamkeit auf einen Vogel, der piepsend auf meiner anderen Seite herumhüpfte; ich beugte mich sogar zu ihm herunter und schnalzte »pfi pfi«, was ihn so erschreckte, dass er eilends davonflog. Meine Nachbarin kicherte leise.

»Jetzt müssen Sie mich anschauen, auch wenn ich weine. Bei meinem Aussehen ist man froh, wenn ein Mann einen überhaupt ansieht.«

Ich murmelte einen höflichen Protest, aber das Fräulein hatte schon resolut ihre Handtasche aufgeklickt, aus der sie erstens ein Taschentuch zog, in das sie sich schnäuzte, und zweitens eine große

Hornbrille, durch welche sie das Blatt eingehends zu studieren begann.

»Jung und dumm!«, fuhr sie plötzlich auf. »Steht das wirklich hier?«

Ich beeilte mich ihr zu erklären, dass man es in Amerika mit dem Wortlaut nicht so genau nehme.

»Nein, nein, es stimmt ja«, unterbrach sie mich lebhaft, und setzte nach einem Augenblick hinzu: »Aber es stimmt auch wieder nicht ganz. Sehen Sie, ich war schon immer reichlich überspannt und stolz wie ein Pfau und, nun ja, sehr sehnsüchtig – und dann kam es eben. Vielleicht nennt man das Dummheit, vielleicht auch Naivität. Aber alles auf rohen Machthunger, auf Geldgier zu schieben: wie – wie unfranzösisch!« Auf einmal wandte sie mir ein völlig verwandeltes Gesicht zu, und ich entdeckte, dass ihre Züge sich so schnell verändern konnten wie ihre Stimmungen.

»Glauben Sie, dass man mich in Amerika verstehen wird? Wenn ich meine Geschichte vorbehaltslos erzähle, ohne etwas zu beschönigen?« Ich versicherte ihr, dass nicht der geringste Zweifel daran bestünde.

Jetzt aber, da ich ihre Worte von heute Nachmittag möglichst getreu niederschreibe, kommen mir doch Bedenken, ob ich nicht das »freiwillige Aufgeben des Misstrauens«, um mit dem Dichter Coleridge zu reden, unseres kritischen Publikums überschätzt habe. Denn wir glauben ja im Grunde nicht an übergroße Leidenschaften. –

Wollte Gott es wäre anders gewesen, so begann Daphne etwas theatralisch; aber ich bin ein Einzelkind, und meine Mutter starb noch vor meinem ersten Jahr. Ich wuchs am Lande auf, hier unten in der Provence. Mein Vater besaß ein Gut in der Nähe von Arles.

Er selbst verbrachte aber den größten Teil des Jahres in Paris bei einer Zeitung und ließ mich mit unserer alten Köchin Marianne allein. Daneben gehörte noch eine Bedienerin zum Haus sowie ein Gärtner, der alle zwei Wochen mit dem Pferdewägelchen angefahren kam und die Hecken schnitt. Oder die Beete umgrub, wenn es wieder einmal Herbst war. Da blieb kaum etwas zu schaffen, wenn ich am späten Nachmittag von der Schule kam, und so verbrachte ich viele einsame Stunden im Freien. Nur dass ich es damals nicht Einsamkeit nannte; ich war eben allein, und das ergab sich daraus, dass meine Kameradinnen in der Stiftsschule lauter Kleinhäusler- und Arbeiterkinder waren und ich schon zu der Zeit einen übermäßigen Stolz besaß. Ich mochte aber gerne allein sein. Ich legte mich dann zum Beispiel auf den fußbreiten Pfad zwischen zwei Weizenfeldern und betrachtete mir die Wolken durch die schwankenden Ähren. Dann rief wohl die Marianne von ihrer Dachstube. Und wenn ich im Laufschritt ankam, hatte sie noch ihre Brille im Gesicht, die sie immer aufsetzte, um mit murmelnden Lippen die Kirchenzeitung zu lesen, und ich musste mir selber den Brei aufwärmen und in der Küche essen. »Marianne«, schmeichelte ich aus lauter Dankbarkeit, dass sie mich im Feld gelassen hatte, »es gibt keinen besseren Brei als deinen«, und die Marianne sagte: »Wenn du einmal 17 Jahre bist und alt genug zum Heiraten, dann sage ich dir, wie man ihn macht; denn es wird dir kein Mann treu bleiben, dem du nicht gut kochst«.

Aber noch bevor ich 17 Jahre alt war, kam mein Vater einmal zu einem überraschenden Besuch auf unser Gut, und als er nach Paris zurückfuhr, saß ich neben ihm im Coupé.

Paris! Ich hatte schon öfters die Weihnachtsferien dort verbracht, aber die ganze Zeit in der Stadt zu leben, war doch etwas anderes.

Wir wohnten in der Nähe des Place de l'Étoile, und ich wurde in eine der vornehmen Mädchenschulen in der Avenue de Wagram eingeschrieben. Sonst sah ich anfangs nicht viel von der Stadt, aber was ich sah, war mir verhasst. Die Metro, der Lärm, das Gedränge, und dass man stundenlang fahren musste, um in die Natur zu kommen, ließen mich manchmal glauben, ich befände mich in einer ungeheuren Irrenanstalt. Abgegrenzt, anstatt der üblichen Polsterwände, durch die schier undurchdringliche Ausdehnung der Vorstädte.

Aber wer kann Paris widerstehen? Bald gewann ich es lieb. Das vielfältige Leben ergriff mich. In jedem Haustor, hinter jedem Fenster schienen Dinge vorzugehen, die einem das Herz aussetzen machten. Geheimnis, Geheimnis war überall. Nichts lag offen da wie am Lande. Auf allen Seiten ragten Mauern, Fassaden, Bretterwände, auch die Menschen waren verschlossen, schienen alle viel zu verbergen. Immer erwartete man etwas Neues um die nächste Ecke, nichts war einem vertraut, aber es war auch nichts langweilig. Ich begann allein die Straßen entlangzuwandern, es dem Zufall überlassend, wohin er mich führen würde. Gewöhnlich endete ich bei einfachen Leuten, auf einer Parkbank oder in einem kleinen Café, und ich fand es gar nicht so schwer, mich mit ihnen zu verständigen. Aber als ich meinem Vater von diesen Spaziergängen erzählte, bekam er einen seiner Zornausbrüche: Er habe andere Pläne mit mir. Ich verstand ihn damals nicht. Erst später wurde mir klar, dass er eines jener süßen Aschenbrödel aus mir machen wollte, für das sich dann ein einflussreicher Freund, wenn es ihm zu Kneten übergeben wird, recht dankbar erweisen kann ...

Jedenfalls blieb ich von nun an eingesperrt. Ein Auto brachte mich zur Schule und holte mich ab, sonst kam ich nur in die Gesellschaften, in die mein Vater mich einführen wollte – meistenteils politische Salons, die mich langweilten. Hier und da fuhren wir einen Sonntag ins Bois oder zum Rennen. Die Abende verbrachte ich immer allein auf meinem Zimmer. Sie können sich nicht vorstellen, wie ich mich hinaussehnte. Stundenlang stand ich am Fenster und beobachtete die Vorgänge auf der Straße. Wenn Leute aufschauten, winkte ich. Jetzt war ich wirklich einsam. Ich verglich mich dem Singvogel im goldenen Käfig. Wie lang bis ich meine Stimme verlor? Der einzige Mann neben meinem Vater, mit dem ich mehr als ein paar gleichgültige Worte wechseln durfte, war der Briefträger, ein junger Bursche, der täglich die Bündel von der Post heraufschleppte, die persönlich an meinen Vater adressiert waren. Er kam auch vom Lande – allerdings aus dem Pas-de-Calais – und fühlte sich in Paris nicht recht heimisch. Bald standen wir täglich eine halbe Stunde mitsammen im Treppenhaus und klagten einander unser Leid. Allerdings musste ich immer befürchten, dass mein Vater überraschend heimkommen und uns erwischen könnte. Er hätte den Briefträger sicher einen verlausten Proletarier genannt, so sehr er auch in seiner Zeitung dem »Volk« schöntat.

Eines Samstagabends erschien der Briefträger unerwartet in unserer Türe. Er hatte sich fein zurechtgemacht: gestärktes Hemd, blauen scharf gebügelten Anzug, sogar einen weißen Seidenshawl trug er, der den Ausschnitt seines Sakkos verbrämte. Mein Herz schlug, als er mich aufforderte ihn zu einem Dancing am Montmartre zu begleiten. Zwar war ich noch nie in diesem Viertel gewesen, und meine einzigen Tanzkenntnisse stammten von Mademoiselle Charand, der Gymnastiklehrerin der Stiftsschule in Arles. Aber mein Galan ließ keine Einwände gelten. Glücklicherweise hatte mein Vater über das Wochenende verreisen müssen, und der junge Mann brauchte keine zehn Minuten, um unsere Marianne mit seinem Charme und seinen blonden Haaren zu bestechen. Es war sechs Uhr abends als wir aus dem Hause wischten.

Überall in der schon dämmerigen Stadt eilten die Menschen zu ihren Vergnügungen. Lokale leuchteten durch eben geöffnete Polstertüren, Liebespaare schritten engumschlungen, Prostituierte standen herum und lächelten mechanisch. Überall war das richtige erwachsene Leben, pulsierte es, knäulte es sich, kochte in Stänkereien über, ergoss sich ineinander in kaum verdunkelten Zimmerfluchten. Und ich mitten darin, ein junges Mädchen, das mit einem Mal fühlte, dass sie zum Volke gehörte und doch mit Gesicht und Gestalt und Gehaben und natürlich durch das vornehme Kleid aus der Menge herausragte wie aus den Wellen die schaumgeborene Venus. Ich warf mich in diese Flut mit ausgebreiteten Armen, von Lokal zu Lokal zogen wir, immer mehr Leute hinter mir drein, trinkend, lachend, singend, ich an der Spitze, ich die ungekrönte Königin. Nein, die gekrönte Königin, denn in einem Laden hatten sie eine goldene Papierkrone erstanden und mir aufgesetzt. Und so erreichten wir endlich den Saal an der Place Blanche, wo wir tanzen wollten. Es war eine Spelunke, ganz wie meine ländliche Fantasie sich dergleichen ausgemalt hatte. Ich tanzte vier Stunden lang ununterbrochen mit allen Männern im Lokal, selbst den alten Großpapas, die in den Ecken saßen und nur gekommen waren, um sich wieder einmal aufzugeilen. Und zum ersten Mal spürte ich, was es heißt, sich schön zu fühlen. In den Händen, die sich um mich legten, in Gesichtern, die sich an meines schmiegten, in den Augen, in den beweglichen Mündern erkannte ich meine Schönheit wie in einem Spiegel. Ja, das war das Leben. Da war die Begierde der Männer und der Reiz, den die Frauen empfanden, diese Gier der Männer hinauszuzögern und mit ihnen zu spielen. Manchmal beschloss eine Frau nachzugeben und wurde weich und anschmiegsam, aber sie konnte immer aus ihrer Stimmung heraus und dann wurde der Mann verwirrt und elend. Sie sprachen ja von den gleichgültigsten Dingen, diese Leute, mit denen ich tanzte, sie gaben sich nonchalant, als wären sie völlig Herrn der Lage und begriffen nicht, dass ich alles wusste. Es war herrlich, alles zu wissen. Ich ließ die kleinen beweglichen Zuhälter ihren Charme versprühen und machte glauben, dass sie mich hatten. Aber dann verschloss ich mein Gesicht und ließ sie von mir abgleiten und schüttelte die Verzweifelten in die Menge zurück. Und die breiten, schweigsamen Werkarbeiter von Renault brachte ich mit einem Schwingen meiner Hüften in Glut, und ließ sie so nahe an mich herankommen, dass ihre Arme meinen Körper umspannten und die klobigen Hände sich in mein Kleid festkrallten. Währenddessen aber betrachtete ich aus den Augenwinkeln die wachsende Nervosität ihrer Weiber.

Gegen drei Uhr morgens hatte ich meine Seidenstrümpfe durchgewetzt. Mein Briefträger brachte mir wieder eine Limonade und wir setzten uns auf zwei Stühle und machten Konversation. Es gefiel mir, dass er so wenig eifersüchtig war. Er schien meiner ganz sicher zu sein. Wenn er wegschaute, betrachtete ich ihn von der Seite. In der Tat ein hübscher Junge, mit seinem sonngebräunten Gesicht unter den blonden Locken. Ich sagte mir, dass hinter dieser Selbstsicherheit eine ganze Menge stecken müsse. Zweifellos hatten viele Frauen sich ihm hingegeben. Er musste unwiderstehlich sein. Und vor dieser vorgestellten Unwiderstehlichkeit schmolz ich dahin und überzeugte meinen Stolz, dass auch ich ihn liebte.

Mein Kavalier brachte mich zu Fuß nach Hause, weil die Metro nicht mehr lief. Er hatte seinen Arm um meine Schultern gelegt, aber ich erlaubte ihm nicht, mich zu küssen. Je länger wir marschierten, desto nüchterner wurde ich wieder, und Angst, dass mein Vater alles herausfinden könnte, quoll in mir auf. Wann immer jemand uns entgegenkam, versteckte ich mein Gesicht an der Brust des Briefträgers. Er glaubte, es wäre aus Zärtlichkeit und presste mich jedes Mal an seine Jacke, aber ich hatte nur Angst. Endlich standen wir vor dem Haustor, ich wollte schnell Gute Nacht sagen, aber er hielt mich fest. Ich flehte ihn an, mich hineingehen zu lassen, er lachte nur, packte mein Gesicht und küsste mich …

Ich empfing den ersten Liebeskuss meines Lebens. Wie soll ich das beschreiben? Während er mich in seinen Armen hielt, begriff ich mit einem Mal, dass alles, was ich vorhin zu wissen geglaubt hatte, nicht stimmte. Dass wir nicht die Zurückhaltenden und Überlegeneren sein konnten, weil wir schwach waren, schwach, schwach, schwach und weil es nichts Deliziöseres gab, als schwach zu sein. Etwas bog meinen Kopf zurück und meinen Körper nach vorne, die Beine zitterten mir derart, dass ich gefallen wäre, wenn er mich nicht gehalten hätte, und noch immer ließ ich seinen Mund nicht los, bis ich Luft schöpfen musste.

Wir gingen den ganzen langen Weg zurück zu seiner Wohnung am Montmartre. Alle zwanzig Schritte blieben wir stehen und küssten uns. Mir war egal, dass der Morgen schon dämmerte. Mir war egal, dass die Leute sich umwandten, um uns anzustarren. Nein, ich bildete mir etwas darauf ein. Ich, die Unberührte, die Unschuldige, die Vornehme, die Dame – denn mit alledem pflegte ich zu prunken, wenn es mich auch elend gemacht hatte. Jetzt war ich stolz darauf, mitten in der Straße von einem Briefträger geküsst zu werden. Denn hier war mein Mann, mein Geliebter, mein Besieger, mein Herr! Wenn er sich über mich beugte, schloss ich die Welt mit meinen Augenlidern aus.

Die Milchwagen ratterten schon auf allen Straßen, bevor wir in seiner Wohnung anlangten, einem entsetzlichen unwohnlichen Kabinett mit Ausblick auf einen Hinterhof. Aber was zählte das schon. Als hätte ich nie etwas anderes gekannt, so legte ich mich sofort auf sein Sofa. Er ging ins Nebenzimmer und eine Minute später kam er ausgekleidet wieder.

Ich erschrak tödlich. Nicht nur über seine Nacktheit, sondern auch weil sein Körper sommersprossig und rötlich behaart war und gar nicht zu dem blonden Kopf zu gehören schien.

»Ich will nicht, ich will nicht!«, schrie ich auf.

»Was hast du denn?«

»Lass mich!«

»Ach so«. Er richtete sich auf. »Wie viel verlangst du?«

Ohne zu denken, antwortete ich: »Fünfhundert.«

Er überlegte einen Augenblick, sagte »Gut« und beugte sich wieder über mich. Auf seiner Brust war eine dicke Warze mit einem Büschel roter Haare. Mich ekelte. Wenn er mir jetzt eine Ohrfeige versetzt hätte, so wäre vielleicht alles anders gekommen. Aber das tat er nicht. Stattdessen sank er neben mir nieder, umfasste meine Beine, schluchzte, bettelte um eine Stunde, eine halbe Stunde, nur um ein paar Küsse. Er war geradezu rührend. Um ihn zu trösten, kraulte ich seine Haare und nannte ihn Chéri. Als ich ihn soweit beruhigt hatte, stand ich auf und ging. Draußen bekam ich einen Lachkrampf. Ich musste schnell die Treppe hinunterlaufen, damit er mich nicht lachen hörte. Noch in der Metro lachte ich so, dass mir jemand einen Sitz anbot. Aber als ich mich auf mein Zimmer geschlichen hatte, legte ich mich ins Bett und weinte den ganzen Sonntag hindurch.

Sie werden mich fragen, mein Herr, warum ich Ihnen all diese

Dinge, und mit so vielen, wahrscheinlich unangenehmen Einzelheiten berichtet habe. Aber wie kann ich sonst hoffen, Ihnen begreiflich zu machen, was nachher kam? Nicht weshalb es geschehen musste, denn wer will das bestimmen, aber doch warum es so kommen konnte.

Siebzehn Jahre lang hatte ich das wohlbehütete Leben eines feinen Mädchens der Gesellschaft geführt. Und eines Abends tanzte ich in einer Spelunke, wurde auf der Straße geküsst, war bereit, mich hinzugeben, und schrie vor Ekel auf, als es so weit war. Ich weiß, dass ich am nächsten Morgen vor den Spiegel trat und wie erstaunt ich war, als mir ein zwar blasses, doch im Wesentlichen unverändertes Gesicht entgegenschaute. Ich fühlte mich sogar etwas gekränkt, dass mein Körper der Seele nicht genauer nachkommen wollte; schließlich war ich ja um ein Haar zur Frau geworden. Auch mein Vater, meine Kameradinnen merkten nichts, nur die Marianne zwinkerte mir in den nächsten Tagen mehrmals schmunzelnd zu – aber die roch ja überall »Beziehungen«. Mir war diese Ignoranz unbegreiflich; nichtsdestoweniger hatte ich mich bald daran gewöhnt und begann sogar damit zu rechnen. Denn ich beabsichtigte nicht, zu meinem unschuldigen Leben zurückzukehren. Ich hätte es auch gar nicht können. Immerhin hüllte ich mich weiter in den Schleier der Kindlichkeit, den ich ja bis dahin getragen hatte und der mir noch so sehr gut stand. Wie leicht sich doch die Menschen betrügen lassen! In meines Vaters Salon nannte man mich nach wie vor »*la petite innocente*«. In der Schule hieß ich »*la glaciale*«, die Eiskalte. Mir konnte es recht sein.

Aber hinter diesem Schleier brannten meine Augen mit dem Feuer des erwachenden Weibes. Meine Augen streiften unaufhörlich im Kreise wie gierige Raubvögel und schlangen all das plötzlich

Deutliche und Farbige in sich ein, wofür sie bisher blind gewesen waren. Als sei ich auf einmal elektrisch geladen, so wurde ich empfänglich für die Spannung zwischen den Geschlechtern. Ich spürte ihre Polarität wie Gewitterwolken, ich fühlte ihre Anziehungskraft, ihr Verlangen nach Ausgleich. Unerträglich süß und aufregend waren die ersten Plänkeleien der Augen- und Wortblitze, und dann kam die Elementargewalt der Vereinigung, worauf dann der Regen der kleinen Zärtlichkeiten alles blank wusch ... wie man sich das eben vorstellt, wenn man gerade ein bisschen was weiß.

Und sonst galt nichts auf der Welt. Es war das Mysterium des Geschlechts – unerschöpflich, genussreich, ein Funken Göttlichkeit unter den Menschen. Wie durfte man in Anwesenheit einer solchen Botin in irgendwelcher Handlung alltäglich sein? Musste das Wissen darum nicht die Kette der Augenblicke durchziehen, jede Verzweiflung lindern, die Ziele des Ehrgeizes nach Geld, Macht, ja sogar nach Weisheit verblassen machen, uns Demut einflößen angesichts dieser Himmelsleiter? Und zugleich eine unbändige Freude, dass sie da war und zu jedem von uns herabreichte? Und musste schließlich diese in großen und kleineren Fähigkeiten verteilte Gabe, für gewisse Augenblicke ganz, ganz erfüllt, einheitlich, gerundet, Mensch zu sein, nicht als der gültigste Prüfstein für den gesamten Wert einer Person erachtet werden? Ja, so war es! Umso unverständlicher, wie man seinem persönlichen Leben den Platz hinter irgendeiner abstrakten Theorie anweisen konnte. Die Herren zum Beispiel, die mein Vater zu seinen Soireen einlud, erfüllten mich mit Staunen. Wie konnte es sein, dass sie manchmal in ihren Reden aufgingen, ohne mich überhaupt wahrzunehmen, oder aber, dass sie in mir nur meine Meinungen, meinen Verstand in Betracht zogen? Besaß ich keine Beine? Hatte nicht ein Mann um meine Liebe gebettelt? War nicht das Mysterium da, in mir, bereit sich aufzuschließen? Natürlich nicht für diese Leute, aber immerhin vorhanden, in Reichweite. Geziemte es sich da nicht zu schweigen, vor dem Höheren? Ich betrachtete es als Betrug und Verstellung, wenn diese Herren wichtigtuerisch hin- und herflatterten wie aufgeschreckte Hühner. Und es bereitete mir ein satanisches Vergnügen, mir auszumalen, wie längst nicht so nahe ihnen diese Probleme reichen dürften, wenn es später am Abend war und sie ihre Geliebten aufsuchten ... das heißt, wenn überhaupt, das war natürlich die Frage. Ob die meisten von ihnen eigentlich im Privatleben ihren Mann stellen konnten, überlegte ich öfters, zur selben Zeit als sie meinten, dass ich fromm ihren Sprüchen lauschte. Und: wohl kaum, war mein wohlerwogenes Urteil, so unappetitliche Liebhaber schienen sie mir.

Allerdings verschaffte mir der Einfluss dieser Bewunderer noch vor meinem achtzehnten Geburtstag ein Engagement beim Film, auch ohne dass ich mich hätte ihrer Unappetitlichkeit aussetzen müssen. Schon meine zweite Rolle brachte den großen Erfolg. Sie werden sich vielleicht noch dieses Titels entsinnen: »Zwei Herzen, die fortgehen«. Jean Gabin war mein Partner. Eine Zeitlang sonnte ich mich in dem Erstaunen der Leute nicht minder als meinem eigenen, dass ich es so schnell zur Berühmtheit gebracht hatte. Dann aber, entschlossen, mich so zu bewähren, dass an meinem Können kein Zweifel blieb, warf ich mich auf das systematische Erlernen meines Berufes. Ich studierte Handbücher und amerikanische Filme, ich setzte es durch, dass ein uralter Theaterschauspieler, den ich kannte, mir regelmäßigen Unterricht erteilte. In den ersten Monaten war ein Fortschritt unverkennbar. Dann verlangsamte er sich, es kam zum Stillstand. Und nur zu bald wich die zum ersten

Mal in meinem Leben aufgerufene Konzentration einer Unruhe, einer anfangs ziellosen Sehnsucht, einem nagenden anwachsenden Verlangen sodann, welches ich Ihnen vielleicht nicht genauer bezeichnen muss. Es waren die ersten Symptome dieser Dummheit, wie ihre Zeitung sich auszudrücken beliebt. –

Mademoiselle Lachance unterbrach sich einen Augenblick, um ihren Mantel zu schließen, denn es war beträchtlich kühler geworden. Ich benutzte die Pause, um ihr im Namen der Herausgeber des Life Magazine meine Entschuldigungen darzubringen, welche sie mit einer kleinen Verbeugung entgegennahm. Dann fuhr sie in ihrem Monolog fort:

Nacht um Nacht erschien mir damals derselbe Traum. Aus dem Dunkel stieg eine Sonne herauf, ihr feuriger Glanz bestrahlte mich, riss mich auf, erfüllte mich mit warmen, vibrierenden, tanzenden Wellen und leuchtenden Farben, deren Entdeckung mich unendlich entzückte. Und plötzlich sank diese Sonne unter, ich streckte die Arme nach ihr aus und konnte sie doch nicht halten. Sie verstehen meinen Traum nicht? Aber ich – er brachte mir ja nur ein in Farben ummoduliertes Abbild des Erlebnisses, das mich einst so beeindruckt hatte. Ich war doch zu gleicher Zeit »erweckt«, wie man das wohl nennt, und enttäuscht worden. Das fraß jetzt an mir. Ist es so unverständlich, dass ich mich nach der Einlösung des Versprechens zu sehnen begann?

Das Eigentümliche war wohl eher die unglaubliche Schnelligkeit, mit der diese Begierde anschwoll. Dass nicht einmal die Kolleginnen etwas ahnten, kann ich nur der weiblichen Kunst der Verstellung zuschreiben, die ich zur selben Zeit mühelos und gleichsam aus mir selber erlernte.

Aber la glaciale, la glaciale! Merkte man denn nicht, dass ich unter meinem Schleier der Unschuld nackt war? Ich wartete ja nur auf den Ersten, der es mir anmerken würde. Da kamen jetzt viele, da näherten sich mir viele: Mademoiselle Lachance, ein Rendezvous? Daphne, ein Küsschen? Das bat und versprach und umschmeichelte mich: Die Partner, die gerne weiterhin meine Liebhaber gespielt hätten, die Eleven, die mich stumm bewunderten und dafür belohnt werden wollten, die glatzköpfigen Regisseure mit ihren fiktiven Schlössern an der Loire, die Politiker, ich will sie nicht nennen, sie sind ja meist wieder am Regieren ... Lauter Bittende, lauter angestrengte Schuljungen mit pomadisierten Haaren!

Oh, mich schaudert es! Ich weiß nicht, woher mir das Sehen kam. Aber diesmal war ich wach, sah ihnen allen bis auf den Grund. Ich schaute sie der Reihe nach an – da war nicht einer, der mich hätte besitzen können, wenn ich nicht willens war. Nicht einer. Und ich war nicht willens, niemals, niemals, das müssen Sie mir glauben. Rein wollte ich bleiben, kein Gefühl wollte ich verschwenden, alles aufsparen für den Einen, für ihn, der kommen musste! Nicht nach Männern im Allgemeinen sehnte ich mich ja, ich hatte gewiss nicht die geringste Lust, mir möglichst viele Liebhaber zuzulegen. Aber ich suchte den Mann, den einen Mann, der stärker sein würde als ich. Der wissen würde, dass er mich besitzen konnte. Denn nicht aus Enttäuschung hatte ich damals geweint, und nicht aus Ekel: sondern einzig aus Scham. Aus Scham, dass ich schwach geworden war vor einem Schwächeren. Das sollte mir nicht wieder passieren. Darum suchte ich jetzt den Stärksten!

Meine Sehnsucht war gewiss ein Verlangen nach Hingabe. Aber – unvermeidliche Ironie – je länger ich mich bewahrte, desto hartnäckiger wurde mein Stolz. Je mehr ich mich nach Schwäche sehnte, nach dem Zittern der Knie, nach dem Aufgeben meines Eigensinns, und keinen für würdig erachtete, diese Gefühle in mir zu erwecken, umso stärker, härter, gemeiner wurde ich, eben weil mir die Absage so leicht fiel. Man begann mir nachzusagen, ich habe kein Herz, und dabei besaß ich das glühendste, lauterste – lassen Sie mich schweigen.

Übrigens fühlten sich trotz meiner Sprödigkeit immer mehr Männer von mir angezogen. Manchmal überwältigte mich die komische Vorstellung, dass sie alle um mich herumtanzten wie die Bären, dass ich nur die Peitsche schwingen musste, damit sie sich auf die Hinterpfoten setzten und mir schön taten. Ich zeigte es nie, aber ich spürte immer meine Macht. Und ich hasste diese Macht. Ich wollte sie ja nicht. Wie ich die Frauen beneidete, die sich mit Vergnügen hingaben und dann sogar eine Zeitlang ihre Männer bewundern konnten. Weiß Gott, ich hatte den besten Willen es ihnen gleichzutun, aber ich vermochte es nicht. *Mir* erschienen die Herren der Schöpfung geradezu erbärmlich.

Zwar natürlich nicht bei jeder ersten Begegnung. Da erfüllte mein dummes Herz sogar oft eine unsinnige Hoffnung, ich hätte endlich Ihn gefunden; aber ich merkte immer nur zu bald meinen Irrtum. Wer will sagen, an welchen Zeichen eine Frau erkennt, dass ein Mann nicht *Er* ist? Ein verwirrter Blick, eine verlegene Floskel, Unentschlossenheit in einem entscheidenden Moment, das waren die Symptome, an denen ich einen Mangel an *der* Eigenschaft wahrzunehmen glaubte, die ich mit wachsender Verbissenheit einzig hochschätzte. Wenn dann so eine Schwäche auftauchte, so konnte ich mitten in einer Gesellschaft brüsk aufstehen und meinen Gesprächspartner seinen gemischten Gefühlen überlassen. Sie werden vielleicht annehmen, dass mich dabei ein wilder Triumph erfüllte.

Aber ich spürte nichts als Enttäuschung und eine verdoppelte Einsamkeit. Und immer häufiger auch das Schuldbewusstsein, das einen ergreift, wenn man lieben möchte, aber nicht kann ...

Eines Tages engagierte unser Studio für einen geplanten Film, der später »Gefängnisse ohne Gitter« genannt wurde, einen neuen Regisseur, einen Spezialisten für die »Bas-fonds«, die Unterwelt. Wie man munkelte, war er selbst einmal Mitglied der Unterwelt gewesen. Als ich ihm vorgestellt wurde, sagte er sofort, statt einer Begrüßung:

»Sie sind der ideale Typ meiner Hure. Sie können meine Hauptrolle spielen.«

Ich wusste nicht, was ich auf diese Frechheit erwidern sollte. Zum ersten Mal seit langer Zeit stand ich sprachlos vor einem Mann. Ich konnte ihn nur verblüfft anstarren. Er war ein riesiger Kerl, auch dick, von einer rötlichen Gesichtsfarbe, nur die kurze Stirn, über die ihm in der Mitte ein Haarbüschel tief hineinwuchs, war von abstechender Blässe. Ich bemühte mich gerade, eine Antwort hervorzuwürgen, als er sich schon wieder den Hut aufstülpte, der übrigens viel besser zu seinem Gesicht passte als seine eigene Neandertalstirn, sich auf den Fersen umdrehte und mit großen Schritten davonstapfte.

»Rüpel!«, murmelte einer der Beleuchter, der neben mir stand. Im nächsten Augenblick hörten wir seine Kommandostimme sich über die armen Statisten und Bühnenarbeiter im Hof ergießen – eine quäksende, rasselnde Stimme, die bald heiser wurde und sich schließlich überschlug. Von nun an sahen und hörten wir ihn ununterbrochen, immer gestikulierend, immer schreiend, immer Befehle erteilend. Dabei hatte unsere Produktion den Film noch gar nicht durchgesetzt, es handelte sich bloß um Probeaufnahmen.

Nach Verlauf einer Woche schickten unsere Arbeiter eine Delegation zu mir, ich möchte doch um Himmels willen meinen Einfluss beim Produzenten geltend machen, um M. Cravaut ein wenig zu dämpfen. Stattdessen beschloss ich, selbst mit ihm zu sprechen, da ich ja auch mein eigenes Hühnchen zu rupfen hatte, und führte eine Unterredung herbei.

Er war wie ausgewechselt, ein vollkommener Gentleman. Er bot mir sogar einen Stuhl an. Natürlich blieb ich stehen.

»Warum benehmen Sie sich so gemein zu den Leuten und so zuckersüß zu mir?«, fragte ich.

»Passt es Ihnen nicht, wenn man zuckersüß zu Ihnen ist?«

»Ich spreche von unseren Arbeitern.«

»Mein Schätzchen, wen glauben Sie zum Narren zu halten? Ich kenne Ihren Ruf. Sie geben keinen Dreck um ›Ihre‹ Arbeiter.«

»Hören Sie mal, wie reden Sie mit mir?«

»Wie Sie es gern haben. Oder etwa nicht?«

»Was soll das wieder heißen?«

»Sie haben den Geschmack an zuckersüßen Liebhabern verloren, eh? Vielleicht ein wenig raue Hausmannskost gefällig, wie?«

Ich trat auf ihn zu und gab ihm zwei Ohrfeigen. Er grinste nur und packte mich so fest an den Ellenbogen, dass ich aufschrie.

»Hoho, hoho, mein Täubchen«, brüllte er, »heben Sie Ihre Kraft für morgen auf. Da fahren wir nämlich auf ein kleines Exkursiönchen, nur wir zwei, was sagst du dazu? Mal die Riviera beglücken, wie.«

»Lassen Sie mich los.«

»Erst mal ja sagen, Kleinchen, erst mal ja.«

Und ich sagte ja.

Wir flogen am nächsten Mittag ab und landeten noch vor Einbruch der Dunkelheit in Nizza. Zwei Stunden später klopfte es an der Tür meines Zimmers im Hôtel de Monte Carlo. Es war stockdunkel im Gang.

»Bist du da?«, flüsterte ich.

»Na wer denn sonst.«

»Komm herein, rasch!«

Nur die Nachttischlampe brannte, und selbst diese hatte ich mit meinem Halstuch abgedämpft. Ich trug ein ganz feines lachsfarbenes Seidenpyjama. Aber er nahm mich nicht in seine Arme. Er stapfte erst einmal mit knarrenden Schritten auf und ab und fluchte laut über seinen Kragen, der nicht aufgehen wollte. Dazwischen brummte er:

»Leg dich nur ruhig hinein, sonst holst du dir noch einen Schnupfen. Dann können wir morgen nicht filmen.«

»Na ja, wer denkt denn jetzt an Filmen.«

»Ich denk ans Filmen, mein Fräulein. Man geht nicht gleich in der ersten Woche auf Ferien in diesem Geschäft.«

»Gut, gut, nun komm aber schon.«

»Wenn das Wetter schön bleibt, können wir Morgen um halb eins abfliegen«, überlegte er weiter. »Ich hab einen Fahrplan verlangt. Bei schlechtem Wetter benutzen wir einfach die Bahn. Das kostet auch weniger. Hab ich recht?«

»Hör mal, Freundchen –«, fuhr ich auf.

»Gleich, gleich, mein Schatz«, ächzte er, »ich komm ja schon. Lass mich nur erst die Hosenträger aus – ausziehen ... So, da bin ich so weit. Es brennt ja wohl nicht, oder?«

»Keineswegs, keineswegs«, beruhigte ich ihn. Während ich noch den Kopf schüttelte, begann es in mir zu glucksen, und dann entlud sich meine angesammelte Spannung in einem görenhaften

Anfall von Kichern. So dass ich mir zuerst ein Taschentuch und dann ein Kissen an den Mund halten musste, um nicht das ganze Hotel aufzuwecken. Und als mein Geliebter gar noch: »Was hast du denn, was hast du denn?« zu stottern anfing, war es mit jeder Hemmung zu Ende. Auf einmal packte er mich an den Schultern und schüttelte mich so grob hin und her, dass das Bett quietschte, und dazu fauchte er: »Sei still, sei still. Das ist nicht der Augenblick zum Lachen.«

»Warum ist das nicht der Augenblick zum Lachen?«

»Weil – weil es nicht der Augenblick ist.« Der arme Mann – er nahm alles so ernst. Das reizte mich erst recht unwiderstehlich.

»Hör auf«, schrie er mich an, »um Gottes willen, hör auf!«

»Ich will eben nicht.«

Er sprang in die Höhe.

»Verdammt – verdammt mit dir. Dann lass mich auf mein Zimmer. Ich hab genug!«

»Kannst du denn nicht, wenn ich lache?«

»Nein.«

Ich kicherte noch ein Weilchen vor mich hin und richtete mich dann auf. Er stand vor mir, dick und mit verschwitztem, rotem Gesicht, das mich in seiner Hilflosigkeit an einen Primaner erinnerte. Genau so hatte mein Briefträger ausgesehen – genau so. War gar nichts anders geworden? Auf einmal fühlte ich mich ganz klein und sinnlos. Ich schämte mich. Ich würde ihn gerne um Verzeihung gebeten haben, aber was hätte es denn geholfen! Ich war schließlich nicht nach Nizza gekommen, um mit einem Primaner zu schlafen. –

Vom nächsten Tag an lernten mich meine Kollegen hassen. Das konnte man nicht mehr Starallüren nennen, was ich da trieb – ich wurde fürchterlich in meiner Unnahbarkeit. Ich sprach kein Wort mehr neben meiner Arbeit, nicht einmal mit den anderen Mädchen. Ich spürte wohl, dass man mich für falsch hielt, und manchmal fragte ich mich selber, ob sich diese Hochnäsigkeit mit der »großäugigen Unschuld«, die ich im ersten Teil des Films so überzeugend darstellte, vereinigen ließ. Aber zweifellos waren beides nicht Attitüden, sondern verschiedene Facetten meines Charakters: Ich *war* ja noch unschuldig, und wenn es sein musste, so hatte ich mir versprochen, wollte ich diese Unberührtheit zu Grabe tragen.

Ich befand mich also in einem solchen Zustand des Widerspruchs und der Verachtung zu meiner Umwelt, dass meine überreizten Nerven fast täglich mehrere Male abzuschnappen drohten. Und dabei hätte ich unter anderen Umständen das glücklichste Mädchen Frankreichs sein können, und das Publikum hielt mich wohl auch dafür, schön und umworben wie ich nun einmal war, und mit noch nicht neunzehn Jahren eine gefeierte Schauspielerin. Wie hätte nicht ein wenig Humor alles anders erscheinen lassen! Aber dazu ist es jetzt zu spät.

Ein Zwischenfall drängt sich mir auf. Irgendein Statist war überredet worden, ich sei nymphoman und deswegen hüte sich jeder, mit mir anzubändeln. Eines Abends sammelte der Junge seinen ganzen Mut zusammen und zog mich in eine Ecke, wo er intensiv und verführerisch auf mich einzuflüstern begann. Die Situation war geradezu skurril, denn er stand einen Kopf kleiner als ich und war recht hässlich. Anstatt nun den armen Burschen aufzuklären, antwortete ich ihm mit einer tödlichen Ruhe:

»Wenn Sie mich sprechen wollen – der Weg führt über meinen Agenten«, und dabei durchrieselte eine triumphierende Schadenfreude meine Glieder.

Er krümmte sich nach allen Seiten und stotterte mit dem belämmertsten Gesicht von der Welt: »Was wollen Sie, das ist die Mode in Frankreich.« Ich packte ihn an der Jacke, zerrte ihn hinaus ins Atelier.

Die Leute lachten und drehten mir achselzuckend den Rücken zu. Ich blieb einen Tag im Bett, so schämte ich mich. Aber da war nichts an den Tatsachen zu ändern: So wahr mir Gott helfe, ich konnte keine Schauspieler mehr vertragen. Dieses Schleimige, dieses berufsmäßig Verführerische, diese Einbildung, als wäre es ein so größeres Verdienst, Napoleon zu spielen als Napoleon zu sein! Ich sehnte mich nach rauen, primitiven Sitten, wollte nach Afrika, nach der Südsee – ich schwöre Ihnen, ich habe mich fast einem schwarzen Tänzer hingegeben, aber er war unecht, aus Pappe, seit drei Generationen in Frankreich ansässig. Zum ersten Mal kam es, dass meine Worte nicht mehr verächtlich klangen, wenn von Deutschland die Rede war und ich sagte: Es ist das Land der Barbarei.

Aber dann kam das Jahr 1939. Österreich war an das Reich angeschlossen, die Tschechoslowakei fiel ihm stückweise anheim. Mein Vater jubilierte. Ich schämte mich für die Schwäche Frankreichs. Jetzt hielt Hitler die Zeit für gekommen, eine geheime Delegation nach Paris zu entsenden. Mein Vater wurde dazu ausersehen, für die Unterhaltung der »Gäste« zu sorgen. Und ich war sein Prunkstück. In einem indezenten Kleid, das nach seinen Angaben verfertigt worden war, musste ich Nacht für Nacht im Salon erscheinen, auf dem Esstisch einen Step tanzen, und dazu anzügliche Chansons singen. Ich glaube, der Hass sprühte mir aus den Augen. Da hatte ich sie vor mir, diese stiernackigen, ungeschlachten Kerle mit ihrem Guttural, das sie für Französisch hielten, mit ihrer um Lob bettelnden Zuspringlichkeit, mit dem lernbegierigen Vorbeugen der Köpfe, in die doch nichts Neues hineinging. Waren das die »echten Männer«, auf die ich gehofft hatte? Sie degoutierten mich dermaßen, dass ich nicht lügen musste, wenn ich mich bald nach meiner Nummer für müde erklärte und auf mein Zimmer zurückzog. Es war am dritten oder vierten Tag nach dieser Invasion, und ich hatte mich eben auf dem Diwan ausgestreckt, als mein Vater in höchster Aufregung hereinstürzte.

»Wo steckst du denn?«

»Unter einer Decke, wie du siehst.«

»Bist du verrückt? Jetzt willst du schlafen gehen? Eben ist Abetz gekommen.«

»Wer ist Abetz?«

»Der neue geheime Abgesandte Hitlers.«

»Er soll sich ihn wieder zurücksenden lassen.«

Mein Vater riss mir die Decke vom Leib und stieß mich geradezu die Treppe hinunter.

Diese Idioten klatschten, als ich wieder im Salon erschien. Mein Vater, als hätten ihn ihre Manieren angesteckt, zeigte mit dem Finger auf einen rundlichen Mann mit einem Kopf so dick wie ein Affe, der allein in der Fensternische stand.

»Das ist Abetz«, flüsterte er so laut, dass der sich umdrehte und uns ansah. Ansah, durch uns hindurchsah und sich gleichgültig wieder abwandte. Aus den Augenwinkeln beobachtete ich, wie mein Vater erbleichte. Das freute mich. Aber dass ein Mann mich anblicken konnte, ohne dass in seinem Gesicht eine Veränderung vorging, war mir neu. Und dieses Gesicht – kein Lächeln, kein Aufblitzen der Augen, kein innerliches Zurechtrücken – nichts. Nur auf der Stirne hatte ein Muskel gezuckt. Es war eine ungeheure

Stirn, fast so hoch wie breit. Aber das mochte teilweise dem fliehenden Haaransatz zuzuschreiben sein. Wir traten auf ihn zu.

»Herr Abetz, meine Tochter Daphne.«

»Entzückt.« Er wandte sich gleich wieder an meinen Vater. »Können wir jetzt unser Gespräch fortsetzen?«

»Bitte.« Es war deutlich, dass mein Vater derjenige war, der hier die Befehle entgegennahm.

»Vielleicht gibt es ein Plätzchen, wo wir ungestört sprechen können?«

Sein Französisch gefiel mir. Die Sprechweise war abgehackt, wenn auch keineswegs auf preußische Art, aber so, als hätte er zu viel zu sagen, als dass er sich Zeit nehmen könne, ein Wort ausschwingen zu lassen.

Ich ließ meinen Vater einen Augenblick stottern und sagte dann:

»Wenn Sie erlauben, werde ich Ihnen einen Drink mixen.«

»Gerne.« Meine angelsächsische Ausdrucksweise störte ihn offenbar keineswegs.

Als ich zurückkam, waren beide noch immer im Gespräch. Abetz streckte, ohne sich umzublicken, den linken Arm aus, um sein Glas in Empfang zu nehmen, ja, ich glaube, er schnalzte sogar mit den Fingern. Jedenfalls stieg eine solche Wut in mir hoch, dass ich mit dem Tablett zurückfuhr, wobei das Glas umfiel und seinen Anzug bespritzte. Er sprach ruhig seinen Satz zu Ende und wandte sich mir dann langsam zu. Ich weiß nicht, wie es kam, aber vor diesem Blick fühlte ich mich auf einmal wie ein kleines Mädchen, das einen bösen Streich ausgeheckt hat und jetzt zur Verantwortung gezogen wird. Um ein Haar wäre ich in Tränen ausgebrochen. Vielleicht kannte er die Wirkung, die von ihm ausging, denn er zog sofort die Augenbrauen auf eine drollige Art hoch und öffnete seinen

Mund zu dem charmantesten Lächeln, das ich je gesehen hatte. Schließlich lachten wir beide laut. Er folgte mir in die Küche, wo ich die bespritzten Stellen aus seinem Anzug herausputzte. Währenddessen sprach er mit viel Humor und Geist von den gleichgültigsten Dingen. Ich zog absichtlich die Prozedur in die Länge.

»Herr Abetz«, fragte ich, »trauen Sie mir keine höheren Interessen zu als nur für Kleider und Filme?«

»Doch, doch«, antwortete er. »Einer Frau traut man immer zu wenig Gedanken zu, einfach weil die ihren oft so komplex sind, dass sie sich nicht leicht in Worten ausdrücken lassen. Aber warum immer gleich in die Höhen und Tiefen? Das ist ja die langweiligste Angewohnheit unserer lieben Deutschen.«

»Ich möchte aber doch eine ernste Frage stellen, Herr Abetz«, sagte ich. »Wird es Krieg geben?«

Er nickte. »Ja, leider.«

»Sie gegen uns?«

»Wenn es nach mir geht: Wir beide zusammen gegen England.«

»Nie, nie, nie!« Das fuhr aus mir heraus.

Er sah mich lächelnd an. »Wir werden um diese Freundschaft bitten.«

Damals glaubte ich ihm. Aber es war mir schon nicht mehr bedeutend, ob er die Wahrheit sprach oder nicht. Er hatte mich von neuem angesehen, mit ganz ruhigen, schimmernd hellgrauen Augen hinter stahlgerahmten Gläsern, und –

»Eine Frau! Wissen Sie was eine Frau ist? Wissen wir es denn selber? Ein Mann fragt sich unausgesetzt: Was bin ich? Wie kann ich mich verbessern? Eine Frau nimmt sich einfach hin, vielleicht mit einer lächelnden Verwunderung, aber immer in dem Bewusstsein: So bin ich eben gebaut. Und dann wartet sie darauf, dass jemand kommt und sie zu etwas Besserem macht. Und wenn einer kommt und erhebt Anspruch auf sie, aber hat nicht genug Grütze sie umzuschaffen, oder es ist ihm nicht der Mühe wert, dass sie sich für ihn verändert – so viel Hohn und Verachtung gab es noch nicht auf der Welt, als sie jetzt gegen ihn loslässt. Und gesetzt den Fall, dass keiner kommt, der stark genug ist für sie, dann wird sie beginnen, etwas aus sich selber aufzubauen, und was sie da aufbaut, ist nicht immer gut. Das ist eine von den Regeln, nach denen wir funktionieren. Die Maßstäbe aber, die Sie an Ihre politischen Handlungen anlegen, diese starren, äußerlichen, viel zu leicht definierbaren Maßstäbe, die gelten für uns nicht.«

So kam es eben, dass mir im selben Augenblick neben vielen anderen Besitztümern auch mein Patriotismus entschlüpfte und sich irgendwo im Hintergrund verkroch, einfach weil mir alles unendlich gleichgültig wurde vor diesem Blick, vor dem Zittern meiner Knie und dem beruhigten erlösten verantwortungsfreien Glück, das den beseelt, der findet, was er sehr lange gesucht hat. Eine Woche später war ich seine Geliebte.

Dann brach der Krieg aus. Trotz der härtesten inneren Kämpfe fand ich es fast unmöglich, mich für die Sache meines Vaterlandes zu begeistern, solange der Mann, den ich liebte, mein Feind sein sollte. Lassen Sie mich von den unendlichen Gewissensqualen schweigen, die ich erduldete. Endlich – ja, endlich, so fühlte ich es wirklich damals – kam der Zusammenbruch. Otto Abetz wurde zum deutschen Gesandten in Paris ernannt, ich war die neue Pompadour. Die Zeitungen der Vierten Republik nannten diese Verbindung eine politische Liaison, man zieh mich der Machtgier, man brachte Beschreibungen, wie ich in Schmuck und Seide gewühlt, in Champagner gebadet hätte, während mein Land verhungerte. Aber das alles, oder was davon wahr ist, kam doch nur nebenbei. Die Tatsache ist, dass Frankreich, dass die Welt für mich kaum existierte, solange ich bei Otto Abetz sein durfte. Sie glauben mir nicht? Ich schwöre Ihnen, dass mir der Krieg nicht viel anderes bedeutete als von diesem Mann getrennt, die Niederlage, als mit ihm vereinigt zu sein. Habe ich in meinem Reichtum geschwelgt? Habe ich meinen Einfluss je geltend gemacht? Nicht einmal das Volksgericht konnte später den Beweis dazu erbringen.

Sehen Sie, ich habe Otto Abetz fünf Jahre hindurch begleitet, weil er mich täglich fühlen ließ, dass er der Stärkere war. Aber leider, er zeigte es mir zunehmend auf eine kleinliche, hinterhältige Art, die meinen Stolz und meine Fraulichkeit unendlich verletzten. Er spielte mit mir, genau wie er in der Politik oder im Kasino spielte: leidenschaftlich und souverän. Aber im Grunde hatte er nur eine einzige Leidenschaft, seinen Erfolg. Weil ihm Hitler Gelegenheit gab, dieser Passion zu frönen, darum liebte er Hitler. Aus demselben Grunde liebte er mich. Was ihm nützte oder ihn stärkte, das liebte er. Hoffentlich war er wenigstens erstaunt, dass ich so lange durchhielt.

Sie werden jetzt vielleicht glauben, dass er kalt und berechnend war, einer jener unmenschlichen intellektuellen Titanen wie sie Deutschland hervorzubringen liebt. Aber es stimmt nicht. Das gerade fesselte einen so unwiderstehlich an ihn: Man wurde besessen von einer teuflischen Lust, ihn schwach zu machen, abhängig. Zweifellos hatte sein Instinkt auch das einkalkuliert.

Jedenfalls brauchte er keine zwei Wochen, um herauszufinden, dass er meiner ganz sicher sein konnte. So sicher, dass er einen Grafen Ciano mein Schlafzimmer besuchen ließ, einen Laval, einen Goebbels, und noch andere – der Richter erwähnte sie ja alle in einem Atem mit Otto Abetz. Wie lächerlich. Er selbst befahl mir, sie zu empfangen, um seiner Position willen. Und ich habe ihm gehorcht, denn ich konnte nicht aufhören, ihn zu lieben.

Bis das Ende kam. Ich will auch das noch erzählen. Es war in der Kommandantur, einige Tage bevor Paris fiel. Otto Abetz saß am Schreibtisch und arbeitete seine Pläne aus, kühl wie stets. Er beabsichtigte Paris mit einem einzigen SS-Regiment zu verteidigen und dabei zu fallen. Hitler würde daraufhin eine Proklamation erlassen und Deutschland seinen Namen ehrfurchtsvoll nennen. Der Mann, der nicht ohne Ruhm leben konnte, war bereit zu sterben, damit dieser Ruhm noch eine kleine Weile bestehen blieb. Plötzlich stürzte ein Meldeoffizier ins Zimmer: Der Gesandte war abgesetzt, in Ungnade gefallen, auf einen kleinen Posten in Deutschland zurückberufen. Kein unerwarteter, aber ein nicht so früh erwarteter Befehl. Da ließ Otto Abetz seinen Löwenkopf auf die Schreibtischplatte sinken und weinte. Hören Sie? Er weinte nicht um Paris, er weinte nicht um Deutschland, (den Krieg hatte er längst als verloren erkannt,) er weinte natürlich auch nicht um mich. Sondern um seinen Ruhm. Um seinen Ruhm weinte er, und weil man ihm nicht die Chance gab, mit einer imposanten Pose zu sterben. Verstehen Sie das? Auf einmal stand er wie nackt vor mir. Alles, alles war von ihm abgefallen, sein Idealismus, sein Soldatentum, seine stolze Selbstbehauptung gegen das Schicksal, und nichts war übrig als seine gigantische Eigenliebe, die ja bei den Deutschen Ehrliebe heißt. Und diese war ihm zertrümmert worden durch sein Ideal Adolf Hitler. Darum weinte Otto Abetz.

Und ich? Ja, ich lachte! Paris fiel, Deutschland war am Fallen, und meine Zukunft als Kollaborateurin stand klar vor meinen Augen, aber ich lachte. Denn ich hatte entdeckt, dass Otto Abetz nicht der Stärkste war, weil er seine Eigenliebe nicht überleben konnte. Ich stand da, während er mich schluchzend bat, ihn zu trösten, ich stand da und kraulte seine Haare und nannte ihn Chéri. Und die ganze Zeit über lachte ich innerlich so, dass ich mich am Vorhang festhalten musste.

Endlich lief er schnaufend aus dem Zimmer. Ich wandte mich um. Der Meldeoffizier, ein junger Hauptmann der Flieger, lehnte noch immer erschöpft am Fenster.

»Hallo«, sagte ich.

JUGENDGEDICHTE

Urlaub in Kalabrien

Es muss heut wieder Sonne sein,
sie scheint schon durch die Läden.
Ich lieg in meinem weißen Bett,
kann bleiben oder aufstehn.

Ich hab ja weiter nichts zu tun
als Schwimmen gehn und Sonnen,
mein Mädel wartet schon auf mich
und abends gibt es Kino.

Die Läden auf! O Luft, O Licht
auf meinen bloßen Körper.
Italien, Italien,
wie ist dein Himmel blau!

Bois de Boulogne

Mond durch Trauerweidenzweige
scheint.
Ausgesendet von der Quelle
nimmt das Licht auf Well an Welle,
trägt es an den Teich.
Well an Welle, immer gleich.
Stetig bleibt der kleine helle
Fleck doch auf derselben Stelle,
wie der Mond auch ruhig durch die
Trauerweidenzweige scheint.

Paris 1940, nachts

Dämmerung dunkelt, Nebel blassen,
nachts über asphaltene Straßen.
Kahle, fahle Hausfassaden
türmen über engen Gassen,
gähnen hohl in Nebelschwaden.

Drinnen eine lange Kette
lichtlos dumpfer Kabinette,
staubzerfressner Zimmerscharen,
die auf finstre Hinterhöfe
oder Mauerschächte starren.

In den Mauern Falten, Spalten,
drüber Klammern, die sie halten.
Tüncheschichten gleich dem Schinken
feingeschnitten, klaffen offen,
zeigen überschminkte Schminken.

Und Phantomen gleich durcheilen
planlos Menschen Häuserzeilen,
Marionetten gleich am Drahte,
Irren gleich, welche entkommen
einem riesigen Rerservate.

Pierrot pendu

In einem jener schmalen, steilen Gässchen
Auf dem Montmartre zu Paris, nah bei der Butte,
Da hängt ein Mensch an einer der Laternen,
Der tat es selbst, ging nicht verschütt.

Das ist Pierrot, doch es ist Nacht, da sieht ihn keiner,
Im trüben Lichte glänzt sein Flitterkleid nur matt;
Im trüben Lichte sieht man, dass er alt ist
Und dass er nicht viel Haar mehr hat.

Er hat sich aufgehängt, weil Pierette
Ihn gestern Nacht mit einem andern Mann verließ.
Ach, sie ist jung und möchte neue Kleider,
Und der Montmartre ist nicht Paris.

Und durch die Nacht eilt sie jetzt heim zu ihrem Manne
Und weinet viel, weil sie so schlimm war und entfloh.
Und da hängt einer an der Laterne
Und er ist tot und ist Pierrot!

Oh Gott, oh Gott! Sie küsst die kleinen Füße,
Pierrot schwankt leicht und lautlos im Montmartrewind.
Es fällt ein weicher Schnee und deckt behutsam
Die zwei, die unter der Laterne sind.

Abschied

Es ist nicht die Kälte so sehr als der Wind, der vom Meer kommt.
Ja, es ist kalt, und ich bin der letzte am Strand,
denn ich warte noch immer darauf, dass jemand hierherkommt,
aber du gingst wohl fort in ein wärmeres Land.

Ach, du bist fort, denn wie könnt es ansonsten geschehen,
dass hier nichts ist als einförmiger Wellenschlag,
und die Strandhütten leer sind, und keine Pärchen mehr gehen
lachend und Arm in Arm in den sinkenden Tag?

Nun ist es Nacht, auch der Mond hat sich lang schon verzogen,
aber immer noch seh ich unsre Schritte am Strand.
Wenn die erste Sturmflut wird drüberhin wogen,
ist unsere Liebe verweht wie die Spuren im Sand.

Fahrt in die Ägäis

Päan der Priesterinnen

Die Erste:

Meerumgossenen Inselscharen
Entstieg einst die Sonne, wir sahen sie nahn;
Keinen blendete sie, in Gefahren
War sie uns Zugvolk und Untertan.

Sonne, an unsere Inseln geschüttet,
Flüssiges Feuer um jegliches Boot;
Perlsilbern morgens, goldsilbern mittags,
Silberne Rose im Abendrot.

Versinke, o Sonne; erscheinet, o Sterne;
Komm, o Schicksal, das wir erwählt:
Aber in ewiger Zeiten Ferne
Blüht noch das Lied, das von uns erzählt.

Die Zweite:

Wir hatten Träume, die keiner noch träumte;
Wir aßen Früchte, die keiner noch aß.
Wenn uns der Becher überschäumte,
Weiteten wir des Bechers Maß.

Wir haben in brennenden Archipelen
Schuppigen Fischen den Leib berührt;
Delphine haben wir, schlank wie Stelen
Mit der Leier ans Land geführt;

Wir sahen die Rosse, die bronzegeschirrten
Des Helios prasselnd am Himmel ziehn;
Folgend ihm bis zu den fernen Syrten
Sahn wir ihn zischend im Meer verglühn.

Auf die zitternden Gipfel der Berge
Haben wir Götter wie Weizen gesät;
Und aus den Drachenzähnen der Zwerge
Erstand das Lied, das nicht mehr vergeht.

Die Dritte:
Denn von den Liedern, von uns gesungenen,
Fällt nicht ein Wort mehr zurück an die Nacht;
Lieder von uns, um den Preis, den bedungenen,
Preis unsres Glückes, ans Licht gebracht.

Lied unsrer Sonne, Lied des Gestirnes,
Das unsre strahlenden Inseln beschien;
Widerleuchtend wie Schnee des Firnes,
Wohlruchduftendes wie Jasmin.

Venus, du gleißend dem Meere Entstiegene,
Umschling uns mit deinem schimmernden Haar;
Mit uns versinke, goldne Gediegene,
Jauchzend bringen wir dir uns dar.

Mein Wanderleben

Ich ging dahin, die Fäuste in kaputte Taschen vergraben,
Mein Überzieher war auch nicht mehr überzuziehn.
Ich ging unterm Himmel, Muse, und war dein Paladin:
Oh la la, was für tolle Liebesträume wir haben.

Meine einzige Hose war von Löchern ganz flau;
Träumender Däumling, ließ ich mich wandernd bescheren
Von meinen Reimen. Mein Hotel war zum Großen Bären,
Meine Sterne am Himmel knisterten süß im Blau.

Und ich lauschte ihnen, hockend am Rand der Chausseen,
Diese milden Septembernächte, wo Tautropfen stehen
Auf deiner Stirne, wie ein stärkender Wein.

Wo reimend inmitten phantastischer Schattengesprenkel
Ich, wie Leiersaiten, zupfte die Senkel
Meiner verwundeten Schuhe, gegen mein Herz ein Bein!

Übertragung aus dem Französischen des Arthur Rimbaud

Das Herz des Hanswurst

Mein tristes Herz kotzt auf das Heck,
Mein Herz, bedeckt mit Caporal.
Sie spritzen's voll Suppendreck,
Mein tristes Herz kotzt auf das Heck,
Zu der Truppe wüstem Geneck
Und ihrem Gelächterschwall.
Mein tristes Herz kotzt auf das Heck,
Mein Herz, bedeckt mit Caporal.

Eine fickphallische soldateske
Zote macht es gemein!
Am Steuer hängt eine Freske,
Eine fickphallische soldateske,
O Flut, du abrakadabranteske,
Nimm mein Herz und wasch es rein!
Eine fickphallische soldateske
Zote macht es gemein.

Wenn sie ihre Priemchen spucken,
Was tun, o Herz, mir geklaut?
Das wird ein bacchisches Zucken,
Wenn sie ihre Priemchen spucken,
Mein Magen wird sich verrucken,
Mir, dessen Herz ohne Haut.
Wenn sie ihre Priemchen spucken,
Was tun, o Herz, mir geklaut?

Übertragung aus dem Französischen des Arthur Rimbaud

Die Läusesucherinnen

Wenn die Stirn des Kindes, von roten Qualen zerbissen,
Erfleht der undeutlichen Träume Schimärenland,
Dann nahn sich zwei hohe Zauberschwestern den Kissen
Mit Silbernägeln an der zartbefingerten Hand.

Sie setzen das Kind vor eines der Fenster, weit offen,
Sodass durch die blaue Luft die Blumengewühle herüberwehn.
Und durch seine schweren Haare, von Tau durchtroffen,
Wandern die feinen Zauberfinger, schrecklich und schön.

Er horcht ihrer ängstlichen Atemzüge Vorüberwischen
Mit Duft von Pflanzen und rosigem Honigerguss,
Die zeitweise unterbricht scharfeingezogenes Zischen
Auf Lippen zurückgehaltener Gier nach dem Kuss.

Da steigt in ihm hoch der Wein der Benommenheiten,
Gestöhn von Harmonikatönen, delirienbang:
Das Kind verspürt, im Ersehnen der Zärtlichkeiten
Aufquellen und wieder entgleiten der Tränen Drang.

Übertragung aus dem Französischen des Arthur Rimbaud

Schande

Solang die Klinge nicht
Dieses Hirn wird entrinden,
Das grünweiß fettige Paket,
Mit nie erneuten Winden ...

(Ah! Er soll selbst abschneiden sich
Die Nase, Lippen, Ohren,
Den Bauch, und schon hat er das Bein,
O Wunder, auch verloren!)

Doch nein; im Ernst, ich glaub solang
Die Klinge keiner brächte
Gegen sein Haupt, kein Stein den Leib,
Kein Feuer sein Gemächte

Ihm anrührt, muss das dumme Kind,
Das lästige, weiter lügen,
Muss täglich jeden Augenblick
Verraten und betrügen,

So wie die Katz des Felsgebirgs
Verpestet alle Sphären!
Doch lass beim Tode von dem Knirps
Uns ein Gebetlein hören!

Übertragung aus dem Französischen des Arthur Rimbaud

MIXED DOUBLES – ERLEBTES UND ERFUNDENES

Einige Anmerkungen von Wolfgang Jacobsen

Noch ist der Krieg nicht beendet. Ein deutscher Soldat wird von amerikanischen GIs gefangen genommen. Er wird befragt. Soll Auskunft über Stellungen geben. Doch schweigt er beharrlich. Steht stramm. Auch innerlich. »Fragen Sie ihn nochmals«, fordert ein Offizier den Vernehmer auf und nimmt dem Deutschen die Fotografie seiner Mutter ab, die der auf der Brust trägt. Der Mann soll reden. Der schweigt. Reden soll er. Ein Schnitt schert durchs Bild der Mutter. Er bleibt stumm. Schnitt. Folter. Wieder und abermals. Er wird reden. Redet. Der Offizier hält »den Rest der Fotografie über die Kerze und zündet sich damit seine Zigarette an«. Schweigen. Ein Zusammenklang: Erinnerung – Bild – Sprache. Die Gegenwart heißt hier Krieg. Doch birgt sie eine noch verborgene Perspektive. Nie, so bekennt Georg Stefan Troller im Vorwort zu seinem Buch »Mit meiner Schreibmaschine«, habe er »Erlebtes und Erfundenes präzise auseinander halten können«, denn »das Ausgedachte, Ausgeschwitzte nimmt eben zunehmend eine Gestalt an, die dem Erinnerten verzweifelt ähnlich sieht«.

In der Sammlung Georg Stefan Troller, die im Archiv der Deutschen Kinemathek verwahrt wird, findet sich ein Konvolut von 20 Geschichten, von Troller handschriftlich als »Meine ungedruckten Werke. 1945–1950« ausgewiesen. Nur wenige sind datiert.

Die Sammlung insgesamt umfasst diverse Materialien: Produktionsunterlagen, Drehbücher, Skripte, Rechercheergebnisse, Kritiken und Fotos – summa summarum das Arbeitsarchiv des Autors und Regisseurs. Troller übergab diese Dokumente in mehreren Tranchen. Die Einrichtung der Sammlung erfolgte 2008 mit der Übergabe des größten Teils, im Verlauf der Jahre immer wieder um Nachlieferungen ergänzt. Initiiert hatte die Sammlung Peter Paul Kubitz, zu der Zeit verantwortlich für den Bereich Fernsehen in der Kinemathek, unterstützt von Werner Sudendorf, dem damaligen Leiter der Sammlungen. Mittlerweile ist der Bestand durch den verantwortlichen Archivar Gerrit Thies weitgehend erschlossen und für die Forschung zugänglich und nutzbar. Darüber hinaus: Im Filmarchiv der Deutschen Kinemathek wird nahezu das gesamte filmische Œuvre Georg Stefan Trollers betreut, in der »Mediathek Fernsehen« des Hauses sind zudem 165 seiner Filme zu sehen, auch Interviews mit und über ihn.

Aus diesem überlieferten schriftlichen Bestand wählte Troller in Absprache mit dem Herausgeber 16 »Stories«, wie der Autor sie auch nennt, für dieses Buch aus. Alle Texte sind nicht in ihrer tradierten Ursprungsform abgedruckt, sondern Troller hat sie über den Jahreswechsel 2021/22 behutsam bearbeitet, sie der neuen Schreibweise angepasst, um Uneinheitlichkeiten in den originalen Typoskripten auszugleichen, hier und da leichte Korrekturen vorgenommen, auch Kürzungen. Doch stets darauf geachtet, sprachliche Eigenheiten nicht zu verändern, gar mutwillig zu modernisieren. In einer späten Phase der Entstehung dieses Bandes hat Troller einige Gedichte hinzugefügt, die er im gleichen Zeitraum wie die Geschichten schrieb, darunter vier Übertragungen von Gedichten Arthur Rimbauds, nämlich »Fantasie«, »Le cœur volé«, »Les chercheuses de poux« und »Honte«. Diese befinden sich sämtlich in seinem privaten Archiv. Die Dramaturgie der Abfolge ordnete der Autor selbst.

Andernorts hat Georg Stefan Troller von seinen schriftlichen Versuchen als Jugendlicher erzählt, von seinem Lesehunger, der ihn lebenslang begleitet, von seiner Passion für Sprache überhaupt. Hier nun wird als eine späte Erstveröffentlichung sein erster professioneller Lauf zugänglich. Das Wort Probe will ich nicht verwenden.

In seinem Vorwort zu dieser Edition meint der Autor, diesen »Stories und Gedichten« hafte vielleicht »etwas Kindliches, Unreifes« an. Weniger selbstkritisch und bescheiden könnte man sagen, so jedenfalls lese ich diese Texte: Troller ertastet eine ihm für einige Zeit scheinbar verloren gegangene Sprache. Der noch junge und unerfahrene Autor verzichtet auf eine literarische Pose. Er beobachtet, soweit es sich um reale Ereignisse oder Personen handelt, fein und neugierig, zugewandt, lässt sich Verborgenes erzählen, urteilt nicht, verurteilt schon gar nicht. Agiert als Erzähler menschenfreundlich. Bei aller Nüchternheit, auch sprachlichen Strenge, sein Ausdruck ist präzis. Wirklichkeitsnah und nicht von Sprachgirlanden umrankt. Beobachten heißt bei ihm, wie in seinem späteren filmischen Werk, Menschen befragen. Oder auch: Das Befragen als Beobachten. Der Materialcharakter der Wirklichkeit ist sein Ausgangspunkt. Den Geschichten und Gedichten ist so etwas wie eine stille Ästhetik des Hinschauens und Hinhörens eigen. Für den Emigranten, der Troller unfreiwillig, weil verfolgt, werden musste, beinhaltet diese Position – so unmittelbar nach dem Zweiten Weltkrieg – auch die Rückgewinnung einer positiven Perspektive. Im Sinne von: Man muss wissen, in welcher Welt man lebt, schon allein deshalb, um sich vor einer falschen Empfindlichkeit oder manipulierten Einrede zu schützen. So wären die Stories für das Lesepublikum auch zu erleben und zu erschließen als eine Form des monologen Dialogs, um ein solches widersinniges Sprachbild zu riskieren, als ein aus der Beobachtung heraus, um Fantasie und gezügelte Fabulierlust ergänzt, gespieltes Fragespiel mit sich selbst – zugleich riskant, weil der Erzähler Troller nicht im Vorhinein weiß, wie die Partie ausgeht.

Alle Geschichten offerieren, deutlich oder auch weniger ins Auge springend, die Perspektive des Erlebten, wenn auch nicht immer dokumentarisch belegt. Szenen vom Montmartre, Typen treten hervor und werden schlaglichthaft bestrahlt: »Der Napoleon« etwa, oder »Der Schweizer« und »Der Algerier«. Momentaufnahmen, fixiert als Schrift. Eine Reportage über die erste Haute-Couture-Präsentation von Christian Dior am 12. Februar 1947, des von vielen Frauen sogleich als konservativ und rückwärtsgewandt apostrophierten »New Looks«, erweitert Troller, nicht ohne der Schau als Mann zu erliegen, zu einer zeitgebundenen Reflexion über Mode und Stil. In anderen Geschichten versucht er, einen inneren Monolog zu gestalten. Will sich einfühlen, wechselt die Perspektive vom Außen zum Innen. Es sind frühe »Personenbeschreibungen« und Szenen aus einem noch nicht gefilmten »Pariser Journal«. Das rhetorische Temperament weist voraus auf seine selbst gesprochenen Filmkommentare. Eine Hommage an den Schriftsteller D. H. Lawrence zu dessen 20. Todestag – Lawrence starb am 2. März 1930 – hat ihren Ausgangspunkt in einem Literaturseminar des Studenten Georg Stefan Troller und seiner abenteuerlichen Reise zu des Dichters Refugium in New Mexico. Und besticht – bei aller vorhandenen Bewunderung – in der Erkenntnis, der Schriftsteller, der ein Proletarier war, habe den sozialistischen Acker hinter sich gelassen und sich einem rousseaugenährten Naturerlebnis ergeben.

Ein Zentrum dieser Auswahl bilden jene Geschichten, die unmittelbar Zeitgeschichte einfangen. »Die Folter« hält ein Erlebnis des Gefangenenvernehmers Troller fest. In »Der Maquisard« skizziert er in knappster Form den Lebensweg eines Mitglieds des Widerstands gegen die Nazis. Erkennbar ist die zeitgenössische Figur des Marcel Ruard, hier getarnt als Rodolphe, mit dem Spitznamen »Le Gitan« oder »Pépito« belegt, der sich nach dem Krieg der gefürchteten »Gang des Tractions Avant« anschloss, in der sich ehemalige Kämpfer der Résistance zusammenfanden, die, im Frieden aus der Bahn geworfen, sich auf räuberische Unternehmungen verlegten. »Traction Avant« ist der Name eines Citroëns, bevorzugtes Gangsterauto in den 1930er- und 1940er-Jahren, in zahlreichen Krimis der Zeit den Flics immer um Längen voraus. Angeführt wurde die Gruppe von einem gewissen Pierre Loutrel, der sich »Pierrot le Fou« nannte und zum ersten »ennemi public« ausgerufen wurde. Die Gang brachte es zu modisch-literarischem Ruhm bis hin zu einem Comic, auch wurde ihre Geschichte mehrfach in verschiedensten Variationen und mit unterschiedlichsten Akzenten verfilmt, erstmals 1955 von Willy Rozier (»Les amants maudits«), 1960 von Claude Sautet (»Classe tous risques«), natürlich, möchte ich sagen, von José Giovanni 1975 als »Le Gitan«, auch von Claude Lelouch (1976, »Le bon et les méchants«) und Jacques Deray modelte 1977 den Stoff in »Le Gang«. Man kann natürlich auch an Godard und Belmondo denken. Und dann ist da noch die Geschichte der französischen Schauspielerin Corinne Luchaire, die – noch ein Teenager – Karriere machte und als französische Garbo gefeiert wurde. Luchaire kollaborierte während der deutschen Besatzung, ihr Vater unterstützte die Vichy-Regierung. Nach dem Krieg wurden ihr die Bürgerrechte aberkannt und ihr Name aus den Titeln ihrer Filme gestrichen. Troller schildert eine zufällige Begegnung, lässt sie ihr Leben erzählen, ihr »Drôle de vie«, dies auch der Titel ihrer Autobiografie. Eine Farce in Widersprüchen eines verleugneten Opportunismus faltet sich auf. Die Schöne, der der Autor im provenzalischen Herbst begegnet, entpuppt sich als »Eiskalte«. Troller notiert dies. Mehr Worte gebraucht er nicht.

Die hier abgedruckten Gedichte hingegen sind zu verorten vor dem Hintergrund einer klassischen humanistischen Bildung, einerseits. Die »Fahrt in die Ägäis« ruft wach – jedenfalls bei mir – die Szene »Felsbuchten des ägäischen Meeres« aus Goethes »Faust. Der Tragödie zweiter Teil«. Doch niemand ist gezwungen, diesem Gedankenspiel zu folgen. Eine Entschlüsselung erzwingen die Gedichte nicht. Sie geben sich als wortgetupfte Gedanken, melancholisch, ohne ihren Wirklichkeitshintergrund lyrisch zu verraten. Das ist das Andererseits: »Paris 1940, nachts«, dessen städtische und menschliche Fragmente Troller auch fotografisch fixierte, zu betrachten in seinem Buch »Ein Traum von Paris«. Oder das nüchtern teilnehmende »Pierrot pendu«, auch so eine Pariser Szene, die sich inhaltlich verbindet mit jenen Beobachtungen, die er in einigen Geschichten fixiert. Rimbaud – für Troller ein literarischer Bezugspunkt. 1971 drehte er einen Film über diesen Dichter: »Am Rande der bewohnbaren Welt – das Leben des Dichters Arthur Rimbaud«. Dessen Gedichte faszinieren durch sinnreiche Wortreihen, bestechen durch Musikalität, sind giftig und glühend. Gefetzte Geschichten. Revolte tritt gegen Revolte an. Troller unternimmt eine eigene Annäherung. Setzt sich aus – und sprachlich auseinander mit diesen ekstatischen Ausbrüchen der Sinne und Seele eines Poeten mit wirrer Mähne. Dessen Erscheinung allein schon Troller faszinierte.

Mithin: Diese frühen Texte bergen in nuce auch einen fasslichen und fassbaren Ausgangspunkt für die so besondere sprach-ästhetische Form seiner Filme und die eigene Klugheit und Empfindsamkeit ihres Machers, die Draufgängerisches und Toughes nicht ausschließt. Mit Blick auf seine Filme betont Troller immer wieder, er stelle nur Fragen, die ihn auch persönlich beträfen. Das hieße, die Gespräche seien gleichsam auch eine Befragung oder Introspektion seiner selbst über eine Stellvertreterperson. Wie kann das sein? Doch nur unter der Voraussetzung, dass alle Menschen gleich sind. Dass der Fragende die Gegenüber seiner Neugier befreit von ihrem zuweilen eben doch vorhandenen dunklen Charakter. Bezogen auf Trollers Biografie hieße das, dass die Emigration und das Kriegserlebnis für den Autor seine Aufgabe und Verantwortung aufgerufen haben: Teilnahme und Aufklärung, sich und andere zur Rede zu stellen.

Georg Stefan Trollers Werk, Geschichten wie Filme, zeigt sich als eine wachsende Bestandsaufnahme von Gegenwart und Gegenwärtigkeiten, als ein mäandernder erzählerischer Faden. Beobachten, wahrnehmen, aufzeichnen. Ohne moralisches Urteil, was Haltung voraussetzt und Offenheit als menschliche Maxime und dauernde Perspektive. Aber eben keine Bilanz.

DANK

Verlag und Herausgeber danken Georg Stefan Troller für sein Einverständnis, diese Geschichten und Gedichte veröffentlichen zu dürfen, zudem für Gespräche, Auskünfte und Anregungen. Für vielfältige Hilfe, für Rat und Ermutigung dankt der Herausgeber Rolf Aurich, Anna Frandsen, Eric Friedler, Sandra Hollmann, Dietlinde Pardey, Karl Prümm und Gerrit Thies.

Rudolf Lorenzen

ALLES ANDERE ALS EIN HELD

Roman

688 Seiten
Leinen mit Lesebändchen
32 €

ISBN: 978-3-943167-45-0

Robert Mohwinkel ist kein Held. Im Gegenteil, er versucht, wo immer es geht, sich ganz und gar anzupassen. In der Familie, in der Schule, in seiner Ausbildung zum Schiffsmakler, in der Wehrmacht, stets möchte der junge Träumer, nicht auffallen. Nur im Tanzclub blüht er ein wenig auf. Erst nach dem Krieg, als sich die Zeiten geändert haben, und die Duckmäuser alter Schule nicht mehr gefragt sind, wacht er auf. Doch selbst diesmal macht er es nicht wirklich richtig.

Der Roman »Alles Andere als ein Held« erschien erstmals 1959, ging allerdings trotz guter Kritiken neben Grass' »Blechtrommel« und Bölls »Billard um halb zehn« unter. Das lag nicht zuletzt daran, dass man in Deutschland so kurz nach dem Krieg von der allseitigen Anpasserei, den Verbrechen der Wehrmacht und den Betrügereien, auf denen sich das »Wirtschaftswunder« begründete, nichts hören wollte.

»Ich bin gar nicht sicher, ob ›Alles andere als ein Held‹ nicht der beste Roman irgendeines heute lebenden deutsch schreibenden Autors ist.«
Sebastian Haffner

»Ja, da gab es ein Buch, es hieß ›Alles andere als ein Held‹. Von Rudolf Lorenzen. Darin wird das erste Kriegsjahr beschrieben, und die Sprache, die war so authentisch, so anders, dass ich dachte: So müsste man schreiben.«
Walter Kempowski in Cicero (April 2007) auf die Frage nach Vorbildern für seinen Stil.